新潮文庫

武士の紋章

池波正太郎著

新潮社版

5337

目次

武士《おとこ》の紋章

智《ち》謀《ぼう》の人——黒《くろ》田《だ》如《じょ》水《すい》

一

慶長五年（一六〇〇）晩夏の或日《あるひ》のことである。

黒田如水孝高《よしたか》は、城下の豪商・伊勢屋佐右衛門《いせやさえもん》の家へ招かれていた。

当年五十五歳になる黒田如水は、すでに豊前《ぶぜん》中津十二万二千石の城主という位置を息子の長政にゆずり渡し、気楽気ままな隠居の身であった。

町人の佐右衛門にとって、如水は領主長政の父であり〔大殿さま〕であるわけだが、如水は気さくに家来一名を連れ、のこのことやって来る。

佐右衛門とは茶の湯の方でもって、気が合うし、年齢も同じであった。

「あのな、大坂から珍しい菓子が届いたゆえ、お前らに持って来てやったぞよ」

坊主頭《ぼうずあたま》の如水が、びっこをひきながら伊勢屋へやって来て、ふところから無造作に菓子の包みを出し、佐右衛門の孫どもに分け与えたりする。

こういう風だから〔大殿さま〕に対する百姓町民の愛慕は強烈なものがあったといってよい。

隠居したとはいえ、如水の眼《め》は、いまだに領内の治政へらんらんと光っており、当主の長政も、この親父《おやじ》には頭が上らぬといったところだ。

その日も夕暮れまで遊びくらし、引きとめられるまま、如水は夕飯も馳走《ちそう》になるつもりでいた。

伊勢屋佐右衛門は東九州でも屈指の豪商で、屋敷もかなり広い。奥庭に面した離れで、如水が饗応《きょうおう》をうけていると、まだ夕陽《ゆうひ》が明るい空の下を土煙りをあげて騎馬の侍が伊勢屋へ飛んで来た。

城からの使いのものである。使いの侍の顔色が緊迫に硬《こわ》ばっていた。

「大殿！　只今《ただいま》、大坂表より御使者到来……」

「何事じゃと」

「はッ……」

家来は擦り寄ってきて、如水に耳うちをした。

「ふむ……」

聞き終って、如水は顔色も変えず、佐右衛門に、

「ちょっと急用じゃでな。また来るわ」

家来の乗ってきた馬にまたがり、悠々《ゆうゆう》と城へ戻って行く。

その後姿を見送って、佐右衛門夫婦や、その息子夫婦などが、

「何事であろ？」

「大殿さまは、お顔のいろも変えなんだが、お使いの家来衆の眼つきは、只事ではなかったぞ」

なぞと心配そうに囁《ささや》き合っている。

つい先頃《さきごろ》、領主の黒田長政は、家中《かちゅう》の精鋭を率いて徳川家康に従い、遠く奥州《おうしゅう》の上杉征伐に出陣している。

中津の城に留守をしているのは隠居の如水と、ごく僅《わず》かな家来のみであった。

「もしや、御領主さまの身にでも、何か変事があったのであろか」

と、佐右衛門は心配していたようであるが、大坂からの急使は、もっと別の意味での重大事を知らせに来たのである。

これは、いよいよ石田三成が挙兵の旗をあげ、関西の諸将を糾合《きゅうごう》して、徳川家康を討つべく起《た》ち上ったという報告であった。

三成は会津の上杉景勝と通じ、景勝から家康に挑戦《ちょうせん》させて、家康が出兵する背後に於《お》いて兵をあげ、これを挟撃《きょうげき》しようというわけだ。

天下統一の偉業をなしとげた豊臣秀吉が先年病没してからは、徳川家康の擡頭《たいとう》ぶりはすさまじいものがある。

亡《な》き秀吉の寵臣《ちょうしん》だった石田三成が、この際、一挙に家康を倒して、秀吉の遺子、秀頼を奉じ、再び天下を豊臣のものに――ということは、つまり三成の手中に摑《つか》みとりたいという、この家康対三成の対立は、すでに、この春頃から、心ある諸将の熟知するところであった。

現に如水もひと月ほど前に、ひそかに三成からの密使によって西軍へ荷担《かたん》してくれとの誘いを受けている。

そのとき、如水は、

「わしは、もとより太閤《たいこう》殿の御恩をこうむること並なみではない。ゆえに秀頼公のおんためとあれば何とでもしようが、しかし、のちのちのために、家康を討った後、わしの手に入るべき領地のことを先《ま》ず決めてもらいたい。それでなくてはお味方は出来ぬ。何となれば、後になって決めるということになると、諸将との間にきっと揉《も》め事が起きようから……」

つまり九州において七カ国をくれれば、家康征伐に味方しようといってやったのである。

これを聞くと、留守居の重臣達が色を変えて如水に詰めよった。

領主の長政が家康に従って出征しているのである。しかも兵力の大半を率いてだ。留守番の隠居が三成にそんなことを言ってしまっては、後のち取返しのつかないことになる。

だが、如水は笑っていった。

「そんなことはわしも知っとるし、三成だって知っとるわい。三成は、わしをためし、わしを計っとるのじゃ。今ここで、わしが三成の誘いをキッパリ断ってみよ。この九州一円の諸大名は、いずれも三成方じゃ。この城の中に今おる兵力では手も足も出ぬわい」

三成との交渉で日を重ねながら、何とか兵力をたくわえ、しかるのちに思うまま動き出そうというのである。

「わしとても、まだ老いぼれてはおらん。黙ってみておれ」

ひそかに準備をととのえていたところへ、三成挙兵の報が入ったわけだ。

(女房も嫁も、これは覚悟してもらわにゃならぬな……)

小肥《こぶと》りの矮軀《わいく》を馬上に揺ら揺らさせつつ、城へ戻って行く如水は、さすがに憮然《ぶぜん》たる面持《おもも》ちになっていた。

如水の妻も、息・長政の嫁も、大坂・天満《てんま》の屋敷にいる。

事態がこうなれば、おそらく三成の手によって捕えられることだろうし、これから如水がやろうと決意していることは、老妻や嫁の命も絶つことになるのであった。

(許してくれい！)

もとより覚悟の前である。

この覚悟を胸に秘めて、如水は毎日を屈託なげに送っていたのだ。

（九州と大坂では、遠すぎて、おことらを救いにも行けぬわ）

家来達が心痛しているのも、実はこのことなのであった。

如水は帰城するや否《いな》や、たちまちに令を下して戦備をととのえはじめた。

先ず触書《ふれがき》を発して兵員を募集した。

城下周辺の郷士やら浪人やらはいうに及ばず、土民、町民、なんでもよい。出世をのぞむものはどんどん集まってくれというのである。

領民、領土に対する黒田家の支配の仕方は如水の祖父・重隆、父・職隆《もとたか》以来の伝統がある。

その伝統というのは治政における〔愛情の発露〕である。

黒田家のあるところ、領民達は、

「この殿さまのためならば……」

という気に必ずなってしまう。荒々しい戦国大名の治政が多かった中で、如水が行なって来た治政は、ケタ外れに神経のこまやかな、恵みふかいものであったといえよう。

少しずつ集まってくるものへ、如水は城にたくわえてあった莫大《ばくだい》な金銀を気前よくくれてやる。かねて、こういうときにと思い、みっしりためこんであった金銀なのだ。

この噂《うわさ》が伝わり、数日のうちに城内へ群れ集まるもの三千を越えたという。

「これでよし！　さて、やるべいかの」

如水は、自信満々の笑いを浮べて起ち上った。

やるべいかの——とは何をやるのか？

九州一円の石田方の大名を軒並にやっつけようというのだ。これはもう家来達も知っている。また寄せ集めの連中もわかってきた。

しかし、如水ひとりの胸に潜んでいるもう一つの〔やるべいかの〕があったのである。

この〔やるべいかの〕は二十余年前の天正《てんしょう》五年から六年にかけて如水が三十を越えたばかりの頃、荒木《あらき》村重《むらしげ》に捕えられて、有岡の城に幽閉され、危く一命を失おうという苦境にあったとき、彼の胸底に萌《も》えはじめた芽なのである。

その芽は、二十余年を経て、いま老いた如水の身にふくらみ、大輪の花を咲かせようとしている。

（いや、うまくいけば咲こうというものだ）

出陣に当って、馬上に凜然《りんぜん》と城門を発しながらも、如水は冷静であった。

二

黒田如水は、天文《てんぶん》十五年（一五四六）十月二十五日、姫路の城で生まれた。

当時、父の職隆は、御著《ごちゃく》城主、小寺政職《こでらまさもと》の被官として仕え、姫路に住んでいたのである。

黒田家は近江源氏《おうみげんじ》の庶流で代々江州《ごうしゅう》にあったが、のちに備前《びぜん》にうつり、如水の祖父重隆の代となってから播州《ばんしゅう》姫路へやって来たのだ。

この頃は、ろくに家来もいない貧乏浪人であったが、姫路へ来てから運がひらけた。

黒田家には〔玲珠膏《れいじゅこう》〕という家伝の目薬があって、重隆は浪人中もこれを売って暮していたようであるが、この商売もうまく行ったようだ。重隆の重厚な温い人柄《ひとがら》もあって、次第に財も増え、出入りする家来分のようなものも五十人、百人と増えてきた。

こうして重隆は一子・甚四郎と共に土豪の一人として頭を出しはじめ、天文十二年の夏に、御著の領主、小寺氏の幕下に加わったのである。

世はまさに戦乱の時代だ。

足利《あしかが》将軍の力は全くおとろえ、諸国の豪族達は天下の風雲にのぞんで争いはじめている。

重隆は小寺氏に仕えてよく働き、小寺の当主・政職の信頼をふかめて、ついに家老の一人となり、一子・甚四郎に政職の一字をもらい職隆と名乗らせるようになった。

小寺政職は、明石《あかし》城主の娘を職隆に与え、重隆隠居の後は姫路の城をあずけるまでに愛寵した。

如水が生まれた頃は、まだ祖父・重隆も四十そこその年齢で壮健だったし、父も母も愛情ゆたかな人達であり、まことに幸福な日々を送ったわけである。

如水の幼名は万吉丸。のちに官兵衛孝高と称し、後年、如水と号するに至る。

如水十四歳のときに、母の明石氏が病没した。少年如水は狂人のごとく号泣し、止《や》むことがなかったという。

感情の激しい、愛情のゆたかな性格であったのだろう。

七歳にして書を学ぶが、性詞筆を好まずして射御《しやぎよ》を愛す——といった性格がこの母の死によって、少年ながら世の果敢《はか》なさを感じたのか、もっぱら文芸の道に没頭するようになってしまった。

一日中、黙念と引きこもり、和歌などをひねくったり読んだりしているのを見て、如水の師でもあり父の職隆にも信頼のあった円満という坊さんが、如水に向って、

「今や弱肉強食の恐るべき世の中でおざる。いかに学問が大切とはいえ、武の道を放《ほう》り捨ててなんとなされる」

兵書を抛《ほう》って歌学にふける、いずれか以《も》って是《ぜ》となすかと。是《ここ》に於て尽《ことごと》く之《これ》を廃す——とある。

心機一転して、戦乱の世の武人として起つことになったわけだ。

如水は十七歳で主家の小寺政職の近習《きんじゅ》となり、十八で初陣《ういじん》。二十二歳の春に、志方《しかた》の城主櫛橋《くしはし》氏の女《むすめ》と結婚した。これと前後して、父・職隆は隠居し、如水が黒田家の当主となり、小寺氏の家老として姫路城を守ることになった。

翌年には子が生まれた。すなわち長政である。

それから約七年――如水は、小寺氏の重臣の一人として何度も出陣した。

如水の用兵は巧妙をきわめ、軍略のすばらしさは人びとを瞠目《どうもく》させた。

何よりも先の先までを見透《みとお》す鋭い眼力があって、如水の作戦に従うものは何の不安もなく勇躍してこれに応ずることが出来たという。

如水の武将としての勉強もあったろうが、これは天賦《てんぷ》の才能であり智力であったといえよう。

祖父も父も共にすぐれた武人であったし、母も立派な女性だったのだから、それらの血が、あげて如水に結実したかのように思われる。

天正三年（一五七五）――。小寺政職にも黒田如水にも、進退を決するについての重要なときがやってきた。

天下の形勢は、織田、毛利のいちじるしい擡頭によって、その勢力の区分けがなされようとしているかに見えた。

「まず、私は、織田殿の下につくがよしと考えます」

と、如水は政職に進言した。

小勢力が大勢力の傘下《さんか》へ加わらなくてはならないのは昔も今も同じことだ。毛利、織田という二つの大勢力のどちらへ味方した方が得かということについては、如水も心をくだいていたようである。

各地へ密偵《みってい》を放って情報を得る一方、如水は研究を重ねに重ね、織田信長こそ天下を摑みとる大名だと確信するに至った。

「いや、毛利方へつくが至当でござる」

と反対する重臣もいたし、阿波《あわ》の三好《みよし》氏に通じておく方がよいというものもいる。が、しかし、このときの政職は如水の実績を信頼しきっていたし、如水もまた反対派を説得し、みずから信長への帰服を申し出るために、信長の居城があった岐阜へ出かけて行った。

信長は一目見て、如水が気に入ったようである。

「他日、中国を征討するあかつきには、おことに、わしが先鋒《せんぽう》として出陣してもらおう」

とまでいってくれた。

かくて如水は、主家の小寺氏と共に織田家の傘下に入って、毛利氏と戦うことになる。

如水は、わが子・長政を人質として信長に差し出した。一粒種の長政はこのとき十歳である。こうした思い切った如水の態度は、いよいよ信長の信用をたかめることになったわけだ。

毛利軍への前衛基地として、小寺氏及び黒田如水は活躍した。毛利氏も、元主・元《もと》就《なり》は没していたが、その二子、吉川元春、小早川隆景などを中心に結束もかたく中国一帯を押さえて堂々たる陣容を誇っている。

この頃、秀吉は信長麾《き》下《か》にあって中国攻略の中心となり、姫路へ入城して作戦の指揮に当った。

如水は、秀吉にも信頼が大きく、秀吉を助けて播州一帯の豪族を平げ、毛利方の強力な大名、宇喜多氏を味方に引き入れるなど縦横に活躍したものである。

天正六年の秋になって、織田家に帰属していた荒木村重が寝返りをうった。

村重は摂《せっ》津《つ》の領主であったが、ひそかに毛利軍と通じて、信長に反旗をひるがえしたのである。

しかも、毛利の謀略は荒木村重のみか、小寺政職にも及んでいたのだ。

「殿が、わしに黙って、ひそかに毛利と通じておるなどとは、信ずることが出来ぬ」

如水は驚いたが、もしこれが事実なら大変なことになる。

何と信長に言いわけをしたらよいものか――いや、もともと猜《さい》疑《ぎ》心《しん》がふかく、裏切りものに対しては徹底的に苛酷《かこく》な処置を行なう信長の性格は如水も知りつくしていた。
如水は、尚《なお》も密偵を使って事態の真偽を探らせてみると、果して、それが事実だと
いうことがわかった。
如水もさすがに色を変えて御著の城へ馳《か》けつけ、政職に諫言《かんげん》した。
「いや、そのようなことはない。安心せよ」
などと、はじめはのらりくらりと言い逃れていた政職も、如水に種々の証拠をつき
つけられて、ついに、
「なるほど、わしが誤まった。しかし、荒木村重が余りにも誘いかけるので、つい、
わしものう……」
「つい、ではすまされませぬ。このことが信長公の耳へ入ったなら、一大事でござ
る」
「わかった。では、そのほうが荒木村重のところへ行き、よくよく事情を話した上、
彼を説得してくれい。荒木が心をあらためれば、わしも荒木と共に、ふたたび織田に
従おう」
虫のよい話だが、こうなっては仕方がない。あくまで主家のためを思う如水は承知
して、すぐに、荒木村重の立てこもる摂津の有岡城へ単身出向いて行ったのである。
そして、まんまと、如水は自分の主人に裏切られたのだ。

如水をそちらへ送るから殺してしまってくれと、政職は村重に言い送ってやったのである。

有岡城へ着くや、たちまちに如水は捕えられ、牢《ろう》へぶち込まれてしまった。

(これほどまでに、わしが主家のためを思って働いておるのが、どうしてわからんのか！)

如水にとって、これは激烈なショックであった。

小寺政職は、あれほど如水を愛寵していたのだが、如水のようにあまりにも目ざましい働きをするものには必ず反対派の妬《ねた》みが擡頭する。

反対派の重臣達が、よってたかって政職をたきつけた上に、毛利や荒木の謀略が、これに乗じたものだから、気の小さい政職は動揺してしまったらしい。

「官兵衛(如水)めは、主のわしに向って、いちいち口出しをする。怪《け》しからん！」

などと蔭《かげ》では自分の無能をタナにあげて憤慨するようになったのも、周囲のものが、あることないことを、やたらにたきつけ、如水を退けものにしようと計《の》ったからだ。

殺してくれと依頼されたのに、荒木村重は如水を牢に放《ほう》り込んだままにしておいた。殺すよりも如水ほどの人物を人質にとっておけば、何かの役にたつと考えたものか――或《あるい》は味方にでも引き入れようと思ったのか……。

こうして如水は、約一カ年にわたり牢獄に暮すことになる。

この牢獄がまた大変なところだ。陽《ひ》は全く射《さ》さず、泥池《どろいけ》と木立に囲まれていて昼も夜も暗く、湿気がこもり、夏も冬ももたまったものではない。

如水の全身は湿疹《しっしん》にかぶれつくし、髪の毛も抜け落ち、瘡《かさ》のために痩《や》せこけた体が不気味に腫《は》れ上って二目と見られぬ姿になってしまった。

そのため、手足も自由に利《き》かなくなってしまったが、ことに両膝《りょうひざ》の機能が悪くなり、以来、如水は〔ちんば〕になってしまうのである。

この一年の幽閉《ゆうへい》は実に苦しかった。

その間、如水は何を考えつづけていたのか。如水をなぐさめたものは、牢獄の窓からわずかに見える藤《ふじ》の花であったというが、もっとも如水の心を搔《か》き乱したものは……。

(わしの誠意が、これまでに踏みにじられねばならぬとは……)

これであった。

祖父の代から忠勤を励んで来た主家の小寺政職に対する不信は、如水を叩《たた》きのめした。

一年後の天正七年十一月十九日——。有岡城は織田軍によって攻め落され、如水は救出されることが出来た。

これより先に、如水の侍臣、栗山善助が旅商人に化けて城下へ潜入し、城攻めと共に、かねて調べておいたところから城内へ飛び込み、如水を救い出したのである。

如水、因《よ》って采地《さいち》及び良馬一匹を賜《たま》う――とある。以後、善助は黒田家に重きをなし、寛永八年、八十三歳の長寿を保って没した。

死ぬべき命を奇跡的に救われた如水の胸底に〔やるべいかの〕の芽が発したのは、このときである。

〔やるべいかの〕とは――信ずべきは自分ひとりである、もし機会が到来したならば、天下をとってやろう――というひそかな決意であった。

三

隠居如水が寄せ集めた軍勢は、九州一円の大名達を相手に暴れ廻《まわ》った。

隠居の采配ぶりは水際《みずぎわ》だったもので、半月そこそこのうちに、筑紫《つくし》、竜造寺《りゅうぞうじ》、鍋島《なべしま》、秋月《あきづき》、相良《さがら》などの大小名と戦って勝利をおさめた。

（これなら、大丈夫！）

如水は、次第に自信をかためつつあった。

この勢いをもって中国へ進出し、家康と三成の戦いの中へ躍り込もうというのである。

いや、家康か三成か、そのどっちか勝った方に挑戦《ちようせん》して、今度はこっちの手に天下の覇権《はけん》を横取りしようということなのだ。

(じゃが、おそらくは内府(家康)の勝ちとなるであろう)

三成をやっつける方が楽なのだが、勝ち残りは家康の方だろうと如水は見きわめをつけていたようだ。

もし如水が、家康と戦うことになれば、家康に従っていた息子の長政は黒田軍の精鋭と共に親父《おやじ》のところへ馳《は》せ戻って来ることは必定である。

だから、如水は、長政が出陣するに当って、

「おぬしは戦さ好きの男じゃ。なれど、今度の出兵は内府の手伝いにすぎぬのじゃから、あんまり精を出すなよ。力み返って働いたとて、どうせ他人のためにやることなのじゃから、そこのところを、よくよく考えてな……」

と、いい渡しておいてある。

くどくどいわずとも、これだけいっておけば、長政も自分の心の中に気づいてくれようと思ったからである。

如水の〔やるべいかの〕は、この二十余年の間、まことに慎重に運ばれてきた。黒田の家と家来達と、領国、領民のことを考えたら、決して無謀は出来ないと、如水は

考えている。この考え方は昔も今も変わらない。

〔絶対に勝つ〕という戦いでなければ、しないというのが如水の信念であった。

だから、信長が死んだ後も、如水は秀吉の下にあって忠実に働いてきたものである。

あの有岡城の牢獄から如水が救出されて間もなく、主家の小寺家は滅亡してしまい、以来の如水は秀吉の参謀として共に信長のために働いてきた。

織田信長が明智光秀の謀叛《むほん》によって、本能寺で変死したときには、如水は、秀吉と共に備中《びっちゅう》高松の城を攻めていた。

水攻めにしたが、城主・清水宗治《しみずむねはる》は屈せず、秀吉も手をやいていたところへ、信長変死の報が届いた。

秀吉も如水も驚いたが、この報《しら》せを秘して、素早く清水と休戦交渉を行ない、疾風のごとく軍をまとめて引き返し、山崎の戦いに光秀を破って信長の仇《あだ》をうち、秀吉が天下をとった話は有名だ。だが、これら一切の軍略と行動の蔭にあって、如水が秀吉のために智謀《ちぼう》をふるったことはいうまでもないのである。

如水がいなかったら、こうも鮮やかに進退することは、秀吉にも出来なかったろう。

秀吉が天下をとってからも、如水は忠実に秀吉を助けつづけた。

豊前中津十二万二千石の城主に引き立てられたのは当然のことだ。もっと出世してもよいほど秀吉には尽していたし、秀吉も如水を頼りにしていた。

だが、さすがに秀吉は、何となく、如水の胸の底ふかく潜む〔やるべいかの〕を感じとっていたようである。

「わしが、今もし仮に死んだとしたら、そのあと天下をとるものは誰じゃと思うな？」

と、秀吉は或時《あるとき》、側近のものに訊《き》いた。

側近としても答えに困った。秀吉は、たわむれに訊くのだから遠慮なくいうてみよという。

仕方なく、それぞれに、家康とか前田利家とか、思い思いに答えると、秀吉は首をふって、

「違《ち》ごう、違《ち》ごうわやい」

ニヤニヤと笑って、

「わからぬか？」

「わかりませぬ」

「よし。ではいうてやろ。まず、今、わしが死んだとすれば、次に天下をとるは、あのちんばよ。禿《はげ》の如水よ」

側近達は笑っていった。

「なれど、黒田殿は、十二万石の大名でございます。いかに智謀の勇将とは申せ、た

かだか十二万石では……」

「ふふん。お前達にはわからぬのか――」

秀吉は、このとき、しみじみと、

「如水というはおそろしい奴《やつ》じゃ。わしは今までに、何度も何度も、大小いくつかの戦いにのぞみ、その中には息も乱れ、作戦のたて方もわからなくなり、どうしてよいかと青息吐息をついたことも数え切れない。なれど、こうしたときに、あのちんばに相談もちかけるとな、ちんばめ、たちどころに妙案を下し、即断決してあやまたず的に当てたものじゃ」

その心、剛捷《ごうしょう》にして、よく人に任ず。宏度《こうど》深遠天下匹《たぐい》なし。ひとり世にあるといえども、もし取らんと（天下を）欲せば、すなわち之《これ》を得べし――と、秀吉は如水を評している。

こういうわけで、秀吉も晩年には如水を怖《おそ》れて遠去《とおざ》けてしまったようだ。

如水もこれを察し、家督を長政にゆずり渡し、さっさと隠居をしてしまったのである。

いま秀吉に睨《にら》まれたら元も子もなくなると思ったからである。官兵衛をあらためて如水と号したのもこのときからである。

だが、その秀吉も今は亡《な》い。

天下は、今や徳川家康の東軍と、石田三成の西軍によって争われつつある。

（わしが割り込んで何で悪いのじゃ）

九州一円を平げた如水は、なおも軍備をととのえ、いよいよ中国へ向けて出発しようとした、そのところへ、大坂からの密使が飛んできた。

すぐる九月十五日——関ガ原において東西両軍は激突し、その日一日のうちに、西軍は完膚《かんぷ》なきまでに潰滅《かいめつ》してしまったというのである。

「何！　たった一日で始末がついてしもうたのかや」

如水は、茫然《ぼうぜん》となった。

両軍合せて二十万に近い大軍が争うのだから、こんなに簡単に勝負はつくまい、自分がそちらへ出て行くまでは、何とか勝ったり負けたりしてつないでいるだろうと考えていたからである。

（これで、万事終った！）

と、隠居は、ためいきを洩《も》らした。

戦いは終り、天下は家康の手に摑《つか》みとられてしまったのである。

戦いのどさくさまぎれに乗り込み、獲物を横合いから引ったくってやろうという如水の野望は、ついに消えた。

次々に、関ガ原合戦の様子が、九州へもたらされた。

せがれの長政は家康軍の先鋒《せんぽう》として勇戦奮闘。しかも関ガ原の戦いの勝敗の決め手となった西軍の毛利、小早川両軍を内応（裏切り）させるための工作にも、長政は大活躍をしたというのである。

「このたびの勝利は、ひとえに長政殿の勲功によるものじゃ。家康決しておろそかには思わぬ」

　徳川家康は、大よろこびで、長政の手をとっておしいただいたという。

　このことを、九州へ凱旋《がいせん》して来た長政が如水に語ると、

「ふふん！　内府、お前のどっちの手をおしいただいたのじゃ」

「右手でありました」

「なるほど――そのとき、お前の左手は何をしていたのじゃい」

　如水は不満そうであった。

　得意満面だった長政も、このときハッと気がついたようである。

「では……父上は？」

「そうよ」

　如水は、ほろ苦く笑った。

「じゃから、出陣の折に、あまり精出して働くなというておいたではないか」

「はッ……」

「お前はな、戦いとなるともう夢中になって働く。家来どもを押しのけてまでも槍《やり》をふるって暴れたい奴じゃ」

「は……」

「働きすぎたぞ、今度も――しかも、内府のために粉骨したとて、何のことやある」

「父上。では、父上は……」

「あわよくば天下をお前にゆずり渡してやろうと思うたのになあ」

残念そうであったが、しかし、それだけいってしまうと、もう如水は、何もかも、さっぱりとあきらめたようである。

大坂の屋敷にいた如水や長政の妻は、無事に救出された。

四

黒田長政は関ガ原の戦功により、筑前《ちくぜん》五十二万三千石という大封を家康から与えられた。

こうなっては、如水も仕方がない。

なまじなことをしたり考えたりして、家康に疑いをかけられては、今度は、こっちの身が危くなると賢明にさとった。

如水は、愛慕の声でみちわたる中津城下から、長政と共に福岡の城へ移った。城内に隠居所を建て、そこで、つつましく晩年の平和をたのしむことにしたのである。

如水は、息子が賞賜《しょうし》されたその礼に、わざわざ大坂へ出向き、家康に会った。

家康は喜色を浮かべ、

「このたびの黒田父子の働きには家康つくづくと感じ入った。長政殿には筑前を与えたが、如水殿には、上方《かみがた》において領地をさしあげたいと思うておる。また朝廷に願って官位をも……」

といってくれたが、如水は、

「かたじけなく存ずるが、年もとり、体もきかなくなった上に、もはや、この世には何ののぞみなく、この上は、せがれのことを、よろしゅうお願い申し上げ、わたくしは隠居のまま、しずかに日を送りたいと思いおります」

固く辞退して、福岡へ帰っていった。一説には、家康も秀吉と同じく、如水を疑っていて恩賞を与えようとはしなかったというが、家康ほどの人物だ、そんなケチなまねはしなかったろうと思われる。

福岡へ帰った如水には、おだやかで明るい日々が流れていった。

福岡のみか、博多にも小さな隠居所をもうけ、わずかな侍臣と共にいったり来たりして茶の湯や歌道に興じたり、城下の子供達に菓子を与えたり、悠々《ゆうゆう》と日を送った。

老人が、果せなかった夢を追いつづけて残念がるということもなく、昔の働きを自慢にして老後の身が鬱憤《うっぷん》をはらすなどというみっともないまねはみじんもしなかった。

北九州の明るい陽光と風物の中に、如水は溶け込んでしまったようである。

関ガ原合戦の三年後——慶長八年に、家康は征夷《せいい》大将軍となり徳川幕府をひらいた。

あとは秀吉の遺子、秀頼が邪魔になるだけだが、

(こうなっては、何もかも内府の思うままじゃ)

と、如水は思っていた。

のちに大坂の戦いが始まり、ここに秀頼はほろんで、名実共に天下は家康のものとなるわけだが、そのときまで生きていたとしても、如水は、真田幸村《さなだゆきむら》のように、家康と一戦を交えるべく大坂へ入城したりはしなかったろう。

なぜなら(勝つ見込みなき戦さは、決してするものではない)——如水なのだから……。

家康開幕の翌年——慶長九年三月二十日に、如水は死んだ。

ちょうど伏見の藩邸へやって来ていたところであった。

発病して数日たった或日に、如水は長政を呼び寄せ、

「わしは、間もなく死ぬぞ。わし亡き後のことはよろしゅう頼む。ことに、わしはお

前に頼みたいことがある」

「は――」

「申すまでもなきことながら、わが家の家来を可愛《かわい》がってくれい。領民たちをいつくしんでくれい。よいか、このことを忘れるな。すべてこのことを頭におき事を決せよ」

「はい」

家来の直言を重んじ、媚《こ》びへつらうものは遠去け、孤弱をいつくしみ貧財をあわれみ、賢を親しみ佞奸《ねいかん》を疎《うと》んぜよ――と、こんこんと遺言をし、大往生をとげた。

法名は円清竜光院。行年五十九歳であった。


（「歴史読本」昭和三十六年五月号）

武士《おとこ》の紋章

――滝川三九郎

一

慶長八年（一六〇三）といえば、関ガ原の決戦に勝利をおさめた徳川家康が、〔征夷《せいい》大将軍〕に補任《ほにん》せられた年である。

爾来《じらい》、二百数十年にわたって存続する徳川幕府は、ここにその第一歩をふみ出した。日本の亡《な》き太閤《たいこう》秀吉の遺子・秀頼を大坂城に擁《よう》した豊臣家の残存勢力は在《あ》っても、日本の統率者としての家康の実力は確然たるものとなり、諸大名は、ついに徳川政権の下《もと》に屈服をした。

だが……。

豊臣政権から徳川政権への烈《はげ》しい転移《てんい》は、諸大名の家に、それぞれ複雑な投影をあたえずにはおかなかった。

伯耆《ほうき》の国（鳥取県）米子《よなご》・十八万石の領主、中村伯耆守《なかむら》一忠《かずただ》の家中《かちゆう》におこった血なまぐさい騒動にも、中央政権のうつりかわりによる影響がないとはいえぬ。

この年の十一月十四日のことであるが、中村一忠の夫人・於《お》さめの方の〔額直《ひたいなお》し〕

の祝いが米子城内でおこなわれた。

ちなみにいうと、一忠の夫人は松平康元《まつだいらやすもと》のむすめで、このとき十二歳の少女である。〔ひたい直し〕の祝いは、いわば男子の元服《げんぷく》に準ずるもので、女子の場合、眉《まゆ》を剃《そ》らず鉄漿《かね》もつけずに、髪《かみ》かたちを一人前《ひとりまえ》の婦人のものに直す。

この祝いの式にのぞんだ夫の中村一忠も、わずか十四歳の殿さまなのである。

城の本丸内の御殿へ家来一同があつまり、とどこおりなく式もすんだ。

異変は、この後に起った。

夕暮れとなって、家来たちも引き下り、最後に残った家老の横田内膳村詮《よこたないぜんむらあき》が、

「殿。それがしも、これにて……」

一礼し、退出しかけた、そのとき、

「内膳。待て」

少年殿さまの声がかかった。

「は……?」

「江戸よりの書状じゃ。目を通しておいてくれぬか」

江戸よりの書状といえば、将軍・家康か、または徳川幕府からのものであろう。

殿さまは、人ばらいを命じた。

殿さまの満面に血がのぼり、書状を出した手がわなわなとふるえているのを、横田

内膳は見て、

（これは、何やら重大事が起ったにちがいない）

と、直感をした。

横田内膳は、単なる家老の一人ではない。

もとは阿波《あわ》・高屋の城主、三好山城守《みよしやましろのかみ》の家来であった彼が、主家ほろびて後、この中村家へつかえるようになったのは、いつごろのことか不明であるが、

「内膳あればこそ、中村家も立ちゆくようになったのじゃ」

と、これは徳川家康の言である。

三年前の、あの関ガ原大戦の直前に病死をした先代の殿さま、中村式部少輔一氏《なかむらしきぶしょうゆうかずうじ》は周知のごとく豊臣三中老の一人であって、

「式部少輔には、いささかの油断もならぬ」

関ガ原の戦いにのぞむ徳川家康の、中村家のうごきを見る眼《め》はきびしかった。

だから、中村一氏がすばやく決意をし、款《かん》を家康に通じ、

「それがし、すでに病勢すすみ、再起の望みなし。わが子、一忠もまた幼弱なれば……なにとぞ、なにとぞ、わが家の後事をたのみまいらせる」

必死に歎願《たんがん》をしたものだが、それでも尚《なお》、家康の疑惑はとけなかった。

この家康のうたがいをとるためには、横田内膳の文字通りの東奔西走の活躍があり、

ついに家康のこころをとくことができたのである。

このころの内膳は六千石の老職となっており、主人・中村一氏の妹を妻に迎えているほどだ。

当時、中村一氏は駿河国《するがのくに》で十七万五千石を領し、もとは徳川家の城であった府中城（静岡市）へ入っていた。江戸の徳川を押えるための一つの拠点として、故太閤秀吉が封じたものであった。

そうした、むずかしいところにいて、徳川家康のうたがいをとくことは非常な困難をともなったことはいうまでもない。

それだけに、横田内膳の功績は大きかったといえよう。

中村一氏が死に、関ガ原戦が終って徳川の天下となったとき、駿河から無事に伯耆十八万石へ封ぜられたのも、

「内膳あればこそじゃ」

と、いうことになる。これは家康がじきじきにいったことだけに、少年の殿さまの後見役として、横田内膳の威望は天下のみとめるところだ。

その内膳だけに、江戸からの書状とききさらに殿さまの様子が只事《ただごと》でないのを見て、

「なに事でござろう」

もどって来て、書状をうけとり、ひらいた。

ひらいて見て瞠目《どうもく》した。

書状は白紙だったのである。

「これは……？」

不審《ふしん》そうに顔をあげた横田内膳の脳天を、

「やあっ！」

十四歳の殿さまが、いきなり脇差《わきざし》をぬき打ちにたたきつけたものである。

ぴゅっ……と血が疾《はし》った。

「あ……」

信じられぬといったふうに口をあけた内膳へ、

「わあ……ぎゃっ！」

殿さまは狂人のような叫びをあげ、二度、三度と斬《き》った。内膳は苦痛のうめきをあげつつ、差しぞえの小刀の柄《つか》へ手をかけたが、まさか主君を相手に闘うわけにはゆかぬ。

内膳は、気力をふりしぼって、次の間へ逃げた。

人ばらいを命ぜられ、次の間にひかえていた侍重臣の一人で安井清十郎というものが、このとき飛び出して無言のまま横田内膳を押えつけようとするのへ、

「安井。謀《はか》ったな！」

六十に近い老人とはおもえぬすさまじい手練《しゅれん》で、内膳がぬき打った。

「あっ……」

安井清十郎が左腕を斬られてひるんだとき、

「その者を討ちとめよ！」

殿さまが叫び出した。

「ろ、ろうぜき者じゃ。討て、討て！」

大廊下にひかえていた近藤善右衛門がこれをきいて飛びこみ、血みどろとなり抜刀して逃げ出して来る影を見て、

「くせもの！」

いきなり、脇差をぬくや刺撃《しげき》した。

「むゥ……」

致命的な一撃をうけ、くずれ折れるように殪《たお》れた横田内膳の顔を見て、

「あっ、横田様か……」

はじめてそれと気づき、近藤は愕然《がくぜん》となった。

「横田様と知っていたなら、決して殺しはせなんだものを……」

と、内膳に恩顧《おんこ》をうけていた彼は、のちに語っている。

これからが、大騒動になった。

横田内膳は、米子城の内、飯ノ山に〔内膳丸〕とよぶ曲輪《くるわ》を持っており、ここに屋敷をかまえていたから、

「いかに年少の主君であるからとて、このような無礼討ちにもひとしい所業《しわざ》をだまって見てはおられぬ」

「いや、これは殿御一人のふるまいではない。安井清十郎が殿をそそのかしたにちがいなし」

とにかく、横田一門に組するさむらいは承服できぬ。

たちまちに武装をととのえ〔内膳丸〕へあつまり、かたく門をとざして〔本丸〕の藩主に対抗するかまえとなった。

米子城は、島根半島と弓ガ浜半島にかこまれた中海《なかのうみ》にのぞむ湊《みなと》山にきずかれてい、この山の一峯が飯ノ山だ。

この飯ノ山の〔内膳丸〕にたてこもった者は、内膳の息子・横田主馬之助《しゆめのすけ》以下、足軽なども加えて約二百といわれる。

この中に、柳生五郎左衛門宗章《やぎゆうごろうざえもんむねあき》がいた。

五郎左衛門は、かの柳生石舟斎宗厳《むねよし》の四男にあたる。

いうまでもなく柳生新陰《しんかげ》流の道統をつたえる剣士のひとりであるし、その豪勇無双

は知る人ぞ知るといわれたほどの人物であった。

ときに、柳生五郎左衛門は三十七歳。

中村家の武士たちも、この剣士にまなぶ者が多い。

その中でも滝川《たきがわ》三九郎一積《かずあつ》は、五郎左衛門がもっとも嘱望をしている若者であったが、米子城の内外が騒ぎ立つ中に、大身の槍《やり》をかいこんだ柳生五郎左衛門が滝川三九郎の屋敷へ駈《か》けつけ、玄関口で三九郎と、あわただしい別れを告げた。

「三九郎殿。わしは中村家の禄《ろく》を食《は》むものでもなく、横田家の臣でもないが、諸国をまわって武芸修行をおこなううち、亡《な》き横田内膳殿のあつき知遇《ちぐう》をうけ、あまりの居心地のよさに、ついつい一年に近い月日をここに送った。おぬしもききおよんだであろうが、いまこのとき、指をくわえて傍観《ぼうかん》もなるまい。それに……こたび内膳殿横死《おうし》については、十八万石の太守の所業《しわざ》としてはわしが胸にすえかねるふるまい。ゆえに五郎左は、これより内膳丸へたてこもり横田一族の味方するが……三九郎殿はいうまでもなく本丸へ馳《は》せつけられよう。いざ、これまで」

と、柳生五郎左衛門がにっこりとしていい放つと、滝川三九郎も、

「お言葉、かたじけなく存じまする」

叫ぶようにこたえた。

「いざ相まみゆるときは、いさぎよくな」

「心得まいてござる」

「では……」

「はい」

二

翌十五日の夕暮れになると、米子からは五里ほどの出雲《いずも》・富田の城主、堀尾《ほりお》吉晴《よしはる》が、みずから五百三十余の手兵をひきいて米子城へ馳《か》けつけて来た。

昨夜、中村一忠が、

「なにとぞ、おたすけ下されとうござる」

と、急使を送ったからである。

「困ったことを仕出かしてくれたものじゃ」

堀尾吉晴は老顔をしかめて、そうつぶやいた。

困ったことを、中村家の主人も家来も仕出かした、というのである。

十四歳の中村一忠が、亡父の代からの家老を何の詮議《せんぎ》もなしに斬ったことは、いかに主人だからといってゆるされることではない。

これは、横田内膳の独裁をにくむ安井清十郎一派のたくらみであることは、堀尾吉晴にも、ただちに看取《かんしゅ》された。

いわば、年少の殿さまを中にしての重臣どもが派閥《はばつ》のあらそい、勢力の角逐《かくちく》がこの異変をよんだのである。

横田内膳にしても、

「戦陣のかけひきも、まことに巧妙なれど、さらにその上、伯耆へ移り来てから、わずか二年のうちに、ようもあれまで城下の町々を繁栄させたものじゃ」

かねてから吉晴も感嘆しているほどの政治家でもあり、さらにその上、徳川将軍に目をかけられているというのだから、どうしてもそこに得意の色が浮かばずにはいられなかった。

(わしあればこその伯耆十八万石じゃ)

という自負が、六十に近い横田内膳の胸をふくらませていたのである。

ゆえに、十四歳の主君などは、まるで子供あつかいにするところがあり、他の重臣たちにもあたまを上げる隙《ひま》さえもあたえない。

(関ガ原の折に、家康公のおん胸のうちをやわらげ、ぶじに主家を存続させ得たのは、この内膳のはたらきがあったればこそじゃ)

と、口に出してはいわぬけれども、こころの中では何度も声を張りあげて、自身にいいきかせてもいる。

〔伯耆志〕には、

――その威望、遠近にふるい……（中略）……また領内の寺社領その他を検すること骨をけずるがごとく、大山寺《だいせん》等これがためにおとろえたりという。諸事、傍若無人《ぼうじゃくぶじん》なれども、その威に恐れて、かつて忠言を達するものなし。

とも記されている横田内膳であるが、それにしても安井一派がたくらんで、子供のような殿さまに手を下させ、これを誅戮《ちゅうりく》させるなどとは、

「もってのほかのことなり」

堀尾吉晴は、その幼稚さに腹を立てた。

だが、内膳派の家来たちが屋敷にたてこもり、主人の討手と戦おうというのは、

「困ったことじゃ」

と思いながらも、このことについては、荒々しい戦国武士の気風の残映が見られ、

「わしが内膳の家来であれば、やはり、そのようにしたろう」

と、後に吉晴は語っている。

しかし、捨ててはおけなかった。

なんといっても、堀尾吉晴は亡き中村一氏とは同じ豊臣秀吉につかえた仲だし、協力して戦場にのぞんだことも何度かあり、肚《はら》を打ち割っての交友関係を保ちつづけてきていた。

その親友・一氏の子が、いまや一国の領主となり、ちからおよばぬための不祥事《ふしょうじ》をひき起してしまった。

「小父《おじ》さま、どうか、おたすけを……」

と、その子がたのみに来たのである。

また、放《ほう》り捨てておいては、徳川幕府がどのような処断《しょだん》を下すか知れたものではない。

まかり間ちがえば、中村家の取つぶしということにもなりかねまい。

舌うちを洩《も》らしつつも、

「よし。わしが出張《でば》ろう」

六十をこえた老軀《ろうく》をひっさげ、堀尾吉晴みずからの出馬となったものだ。

堀尾の援兵が到着をしたのを見て、中村一忠も、どんなに心強くおもったか知れぬが、本丸方の家来たちも勇気百倍をした。

堀尾吉晴も、三度にわたり、

「争うはやめよ」

と〔内膳丸〕へ使者を立てたが、横田派二百名は断固としてきき入れぬ。

「殿さまが両手をついて、おわびなさるなら、門をあけましょう」

というのだ。

そのようなことが出来るわけがない。

「もはやこれまで。永引いてはならぬ。よしよし、わしが後詰《ごづ》めしてくれようゆえ、思いきって攻めかけるがよい」

堀尾吉晴がいった。

ついに、夜に入って戦闘の火ぶたが切って落された。

鎧《よろい》こそつけぬが物々しい武装に身をかためた〔本丸〕方七百余名が、ひしひしと〔内膳丸〕を包囲するや、

「えい、おう。えい、おう！」

〔内膳丸〕の内で、主君の討手を迎えた横田方が悪びれもせず、いっせいに鬨《とき》の声をあげる。

諸方で篝火《かがりび》が燃え立つ。

「それ、打ちかけよ！」

物頭《ものがしら》の依藤半左衛門、藤江蔵人以下百五十名が、先《ま》ず〔内膳丸〕の表門と小門を打ちこわしにかかるや、横田方から高井左吉右衛門が十余名をひきいて躍り出し、猛然と十文字槍をふるって突撃して来た。

あとは、乱戦となった。

多勢をたのみ、押しこんで来る〔本丸〕方に曲輪門を破られ、横田方は、どっと内

膳屋敷内へ引き退く。

「かまわぬ、火を放て!」

というので、屋敷へも火がかかる。

柳生五郎左衛門が単身、大身の槍をつかんであらわれたのは、このときであった。

「いざ、まいられい」

屋敷門を背に槍をかまえた五郎左衛門の立派さを敵も味方も知らぬものはない。

それだけに、

「先ず、それがしが……」

殿さまの侍臣・遠山小兵衛が槍を合せたが、たちまちに突き伏せられた。次は今井某が槍をつける。これも股《もも》を突かれて引き下がるとき、

「ごめん」

吉田左太夫といって中村家の臣のうちでも槍術《そうじゅつ》ではきこえた勇士が進み出た。

二合、三合、烈《はげ》しく突き合ったかと見る間に、

「えい!」

裂帛《れっぱく》の一声と共に、吉田の長槍は宙天にはね飛んでいた。

火の粉が舞う門前で、この決闘を敵も味方も息をのんで見まもっている。

「お相手つかまつる」

と、ここへ滝川三九郎が大刀をぬきはらって出た。小柄《こがら》ではあるが、きびしく引きしまった体躯《たいく》で、平常は〔ねむり猫《ねこ》〕とよばれている温和な顔貌《がんぼう》もさすがに緊迫していた。

「三九郎殿か……」

柳生五郎左衛門は、三九郎が得物《えもの》は太刀と見て、槍を門扉《もんぴ》へ立てかけ、これも大刀をぬいてかまえる。

互いに間合いをつめ合い、二間をへだてて停止したとき、

「三九郎殿。いまこのときを忘るな」

と、五郎左衛門がいった。

「よいか、武士《もののふ》の一生は束《つか》の間《ま》のことぞ」

「はっ」

「その束の間を、いかに生くるかじゃ」

「おお」

「まいれ」

二人の体躯が地ひびきをたてて飛びちがい、刃と刃が宙にきらめき、

「えい！」

片ひざをついた柳生五郎左衛門が、すくいあげるように滝川三九郎の左の太股を薙《な》

ぎはらった。

　転倒する三九郎へ、五郎左衛門は二の太刀を打ちこまず、

「それ、今じゃ！」

　門の内へ声をかけると、塀《へい》の上に鉄砲をかまえていた二十余名が、すさまじい一斉《いっせい》射撃をおこなったものである。

　絶叫と悲鳴があがり、つめ寄せた「本丸」方が、どっと後退するのへ、

「まいるぞ！」

　柳生五郎左衛門は大刀をふるって長槍の柄《つか》を半分に切り断ち、これを左手に、大刀を右にかまえつつ、

「柳生新陰の極意《ごくい》、とくとごらんなれ」

　一気に、むらがる敵勢の中へ斬って入った。

「なるほど。柳生流とは、このようなすさまじいものであったか……」

　と、この夜の五郎左衛門の奮闘によって柳生の名が天下に再認識されたといわれるほどの働きぶりをしめしたのち、五郎左衛門はついに討死をとげたのである。

　しかし横田方の奮戦の物凄《ものすご》さには手のつけようがなく、たまりかねた堀尾吉晴が総攻めをかけ、これがため、

「もはやこれまで」

横田主馬之助は自殺し、横田屋敷焼亡と共に、騒乱も熄《や》んだ。

ところで……。

師の柳生五郎左衛門の一刀を太股に受け、重傷を負った滝川三九郎は、

「師は、わざと己《おれ》の息の根をとめなんだ。もそっと生きて見よとのお心があったからであろう。武士の一生は束の間、とあの夜、師はおおせられたが……」

かいがいしく手当をする妻の於妙《おたえ》に、

「束の間の一生、生きてみるか」

と、笑いかけた。

五郎左衛門に斬られるつもりでいたのである。

三九郎の妻於妙は、真田昌幸《さなだまさゆき》のむすめで、かの真田幸村の妹にあたる。

この真田父子が、関ガ原大戦の折には西軍に組し、そのため家康から追われて、紀州・九度山《くどやま》に隠棲《いんせい》していることは世に知らぬものはない。

三

真田昌幸のむすめ、於妙は、はじめ石田三成の義弟・宇田河内守頼次《かわちのかみよりつぐ》へ嫁《か》した。

宇田頼次の姉が石田三成の妻ということだ。

ゆえに、関ガ原合戦のときには、宇田家はこぞって西軍の総帥《そうすい》たる石田三成へ組し、三成の居城・佐和山《さわやま》へ入ったのである。

宇田頼次は、これより先に、

「この騒乱がおさまるまでは、実家へ帰っておれ」

と、新妻にいった。

於妙は、ときに十八歳であった。

頼次としては、この少女のような新妻を戦乱に巻きこみたくなかったものか……。

すでに頼次は、石田三成の父・正継《まさつぐ》の養子となってい、したがってこの夫婦は佐和山城内に暮していたのである。

ともあれ於妙は実家へもどった。いや、もどされたといったほうがよかろう。

実家の真田家は周知のごとく信州・上田に居城がある。

そして……。

関ガ原戦後、上田の真田父子は紀州へながされ、上田は徳川の手に没収されたが、真田昌幸の長男・信幸は徳川家康の信頼をうらぎることなく、父と弟に別れ東軍へ加わったので、上州・沼田の城主である真田分家は安泰であった。

「於妙、わしが……」

一時は、父にしたがい紀州へおもむく筈《はず》であった於妙を、長兄の信幸が引きとってくれた。

佐和山全滅と共に、於妙の夫・宇田頼次も戦死をしてしまい、

「気の毒にの、若い未亡人《やもめ》が出来た」

真田信幸の妻・小松の実父である本多平八郎忠勝が、

「よし。わしが相手を見つけて進ぜよう」

と、のり出した。

本多忠勝といえば、徳川の四天王とよばれた武勇の士で、この人物の助言がなければ、上田の真田父子も死罪をまぬがれぬところであったという。

「なにとぞ、父と弟の一命のみはお助け下されまするよう」

と、真田信幸が徳川家康に必死の歎願《たんがん》をおこなったとき、家康はなかなか承知しなかった。

そこへ、本多忠勝が進み出て、むすめ聟《むこ》の信幸のため大いに弁じたて、家康もついに、

「中務大輔《なかつかさたゆう》（忠勝）が後楯《うしろだて》ではのう」

苦笑と共に、真田父子のいのちをたすけた。

それほどの本多忠勝の肝いりがあったから、石田三成義弟の妻という前歴をもつ於妙と滝川三九郎との縁談もととのったわけであろう。

当時、すでに三九郎は中村家の臣となっていたが、

「こともあろうに……そのような女を妻に迎えることもあるまい」

周囲の人びとは、そうすすめたし、本多忠勝からも、

「むりにとは申さぬ」

との、伝言があった。

すると、滝川三九郎は、

「真田家が承知なれば、それがしに否《いな》やはござらぬ」

あっさりと、こたえた。

敗軍の士の妻をひきうけようというのだが、そこには、やはり、於妙という女を通して真田一門へのふかい同情が三九郎に在《あ》ったからであろう。

真田信幸は、この滝川三九郎の言葉をきき、

「信幸。三九郎殿のこころをありがたく、生涯《しょうがい》忘れ申すまい」

感涙をうかべていった。

この言葉が上辺《うわべ》だけではなかったことは、後年に信幸が身をもってしめすことになるのだが……。

かくて於妙は、滝川三九郎のもとへ再婚をした。

そして、中村家が駿府《すんぷ》から伯耆・米子へうつるころには、

「あれほどに仲むつまじゅうて、子が生まれぬのがふしぎ、ふしぎ」
などと家中《かちゅう》でも評判の夫婦となっている。

ところで……。

このあたりで滝川三九郎一積について語っておきたい。

織田信長の重臣で、滝川一益《たきがわかずます》の名を知らぬものはいまい。柴田、明智、羽柴などと並んで織田家に羽ぶりをきかせた滝川一益は、主人・信長が本能寺に横死《おうし》してから、柴田勝家と同盟し、羽柴秀吉と争ったが、事やぶれて降参をした。

この後、一益は越前《えちぜん》・大野へ引きこもり、天正十四年秋に逆境の身をさびしく死んだのだが、後つぎの一忠《かずただ》(かの少年殿さまと同名)は、
「おれはもう主取《しゅど》りは、つくづく厭《いや》になった」
家を捨て、生涯を巷《ちまた》に埋没してしまった。

この滝川一忠の子が三九郎一積なのである。

織田信長が存命ならば、滝川家の命運もさかんであったろうし、三九郎の将来も洋々たるものであったろうが、信長、秀吉を経て天下の大権が徳川のものとなったいまは、辛《かろ》うじて中村家の臣として戦乱の世を生きのびたのが精一杯のところだ。

三九郎も於妙も、立場こそちがえ、それぞれに戦乱の犠牲者だといえぬこともない。

四

さて、横田内膳騒動の後、伯耆十八万石の中村家はどうなったろうか……。

十四歳の殿さま中村一忠も次第に大きくなる。

大きくなりはしたが、一国の主《あるじ》としての素質はまったく無かったようだ。

横田内膳という船長を失った中村丸は、たちまちに浸水し、沈没してしまったのである。

〔伯耆志〕にいわく。

――一忠は平生、美麗《びれい》を好みて、寺社参詣《さんけい》、遊猟にも、その行列、もっとも厳《おごそか》なり。

慶長十四年、京都に至り、その夏、帰国あって身体例ならず。治療をすすむれども、その験《しるし》もなきに強《し》いて遊猟をもよおされ、霖雨《りんう》の頃《ころ》、たびたび城外へ出《い》でられけるが、五月十一日、また外より帰城ありしに、疾（病気）にわかに劇《はげ》しくして医薬をすすむる間もあらず……息がとまってしまったらしい。

横田内膳へ斬《き》りつけたときといい、この場合といい、先天的に異常性格者であったものと見える。

二十歳の一忠は、妾腹《しょうふく》の子を一人のこしていた。

これは農家の女に生ませたもので、幕府にはとどけ出ていない子であった。

これでは、どうにもならぬ。

横田内膳ならば、この妾腹の子を何とかして後つぎに直すように、幕府へも将軍へもはたらきかけたにちがいないが、殿さまが死ぬや、またも家来たちが分裂してしまい、いろいろと騒ぎたてているうち、ついに幕府は、

〔中村家断絶〕

を決定してしまった。

家来たちは元も子もなくして浪人することとなったが、不運つづきの滝川三九郎も、このときだけは天の助けか、すでに中村家をはなれ、徳川の旗本になっていたのである。

三九郎が中村家を去ったのは、あの騒動のすぐ後のことだ。事情は次のごとくである。

三九郎の叔父に滝川久助一時《かずとき》という人物がいる。

この叔父、徳川の旗本であったが三十六歳で死んでしまい、当年二歳の子が残された。これも妾腹の子で届けが出していない。

滝川家でも一騒動あったわけだが、幕府も、

「滝川ほどの名家を絶やすのは惜しい」

と、同情してくれたらしく、結局は、

「中村伯耆守につかえている滝川三九郎を迎え、幼年の当主が成長するまで名代としたらよかろう」

ということになった。

故滝川久助の家来たちは、三九郎が入って来るのをきらったけれども、

「どうも滝川の家来たちには、しっかりした者がおらぬ」

幕府老中からにらまれていたほどだし、

「御家をつぶすよりは、三九郎様をお迎えしたほうがよい」

と、家来たちも心をきめた。中村伯耆守の家来よりもまだ増《まし》である。

幕府の声がかりだから、三九郎も厭とはいえぬ。

「妙。今度は将軍じきじきの家来になれと申す。あは、は、はは……」

「では、江戸へ……?」

「うむ。いやか?」

「いやも好きもござりませぬ。わたくしにはあなたさまのあるのみにござります」

「おれは、もう何処《どこ》にいて何をしても同じような心がしている。あの夜、柳生五郎左衛門様に、この太股を斬り割られたときから、ふしぎに、わがこころが楽々としてまいってな」

「わが師の御遺言。武士たるものの一生は束の間のことと申された、その御こころが何とのうわかる気がしてまいった」

「何処《いずこ》にて何をなさろうとも、ただ滝川三九郎という男があるのみ……このことにござりまするか？」

「それは……？」

「いかにも」

三九郎は莞爾《かんじ》として妻を見やった。

「それゆえにこそ、何も思いわずらうことが無《の》うなったのよ。おれは何処にいてもおれのすることを為《な》す。そこのところを思いきわめれば束の間の一生、楽なものだ」

滝川夫婦は、かくて沈没前の中村丸から下船して、江戸表へ向った。

滝川三九郎は亡《な》き叔父の子・一乗《かずのり》が十五歳になるまで、名代をつとめることになったが、二千石のうち千七百五十石を受け、残り二百五十石を一乗の禄高《ろくだか》にあてた。

これも、幕府の命によるものである。

それより十年後……。

あの大坂戦争が起った。

すでに将軍位を息・秀忠へゆずりわたしていた徳川家康であるが、七十三歳の老軀《ろうく》を燃やし、大坂城に在る豊臣秀頼を討滅《とうめつ》すべく、大軍をもよおし、関ガ原以来十五年ぶりの戦陣にのぞんだ。

旗本の一人であるからには、滝川三九郎もこれに従って出陣せねばならぬ。

紀州・九度山に閑居していた真田幸村は敢然と起《た》ち、大坂城へ入って豊臣軍の参謀となった。

つまり三九郎は、妻の兄を敵にまわして戦うことになったのだ。

妻の父・真田昌幸は、ふたたび徳川家康を相手に戦う機を得ず、すでに九度山に病没している。

出陣にのぞみ、滝川三九郎は妻にいった。

「妙。こたびも、わしは楽々と仕《し》てまいるぞ」

三九郎は、この年（慶長十九年）で三十九歳。

於妙は三十二歳。

まだ、子は生まれていない。

五

慶長十九年十一月。

大御所・家康と現将軍・秀忠にしたがう諸大名合せて二十万の東軍が大坂城を包囲

した。

これに対して、太閤秀吉の遺子・秀頼のもとに馳《は》せ参じた豊臣恩顧の武将や寄せあつめの浪人軍を合わせて約十万という。

いわゆる〔冬の陣〕である。

いざ戦闘がはじまって見ると、

（さすがは義兄上《あにうえ》じゃ）

と、滝川三九郎は舌を巻いた。

大坂城の南方、三の丸の惣堀《そうぼり》の外部（平野口）に、妻の兄・真田幸村は〔真田丸〕とよぶ砦《とりで》を構築し、その戦いぶりのあざやかさには、

「左衛門佐《さえもんのすけ》（幸村）を何とかできぬものか……」

徳川家康も、非常に焦慮の色をしめした。

滝川三九郎は亡き祖父の家来すじにあたる滝川豊前守《ぶぜんのかみ》（いまは二千石の幕臣として将軍につかえている）と共に、家康本陣に在って使番をつとめていたから、直接に義兄の部隊と戦闘をする機会はなかった。

〔真田丸〕へは、加賀の前田部隊や越前の松平部隊が主として攻めかかったのだけれど、出ては退き、退いては突きかかる真田部隊の駆けひきのたくみさに引きずりまわされるかたちとなり、死傷者が増加するばかりであった。

小さな丘の上の小さな砦にすぎないのだが、

「なぜ、落とせぬのか……」

見ている者は、みな、ふしぎがったものだ。

しかし、いざ自分が攻めかけてみると、どうにもならぬのである。

真田丸は、大坂城・玉造《たまつくり》門の南の丘のまわり三方に空堀をつくり、塀《へい》をかけまわし、柵《さく》を三重につけ、適所に櫓《やぐら》を上げこれらを巾《はば》七間の武者走り（通路）でむすび、真田勢五千ほどがたてこもっているのだ。

東軍が押し寄せて行くと、これらの砦の装備が、まるで生きもののようにうごきはじめる。

爆薬や鉄砲をつかい、東軍をなやませ怒らせ、じりじりと引き寄せておいては、真田勢が武者走りを縦横にうごきまわり、さんざんに打ちなやますのであった。

居ると思って攻めかけた場所には一兵もおらず、まごまごしていると、

「鳥もけものも、そこにはおらぬぞ！」

櫓の上から嘲笑《ちようしよう》がふってくるのだ。

激怒して攻めかかれば、ひどい目にあうことになる。

滝川三九郎は、義兄の活躍に苛《い》らだつ徳川家康をながめているのが、たのしくてたまらない。

ついに、家康は休戦工作にとりかかった。

この講和によって、大坂城の戦備が破壊され真田丸も取りこわされてしまったが、けれども、東西両軍には、それこそ束《つか》の間《ま》の平和がもたらされたのである。

年も押しつまった或日《あるひ》のことだが……。

滝川三九郎は、鴫野《しぎの》村にある真田河内守信吉《のぶよし》の陣地を訪問した。

信吉は、真田信幸の長男で、父の名代として東軍に参加していた。

このとき真田信吉は十九歳。叔父・幸村を敵方にまわしての初陣《ういじん》であった。

だから滝川三九郎にとって、信吉は妻の甥《おい》ということになる。

「よう、おこし下されました」

信吉は丁重に三九郎を迎えた。

陣地の前面（西）には平野川がながれ、その向うの木立と草原の彼方《かなた》に大坂城がのぞまれた。

「真田丸の幸村殿は、よう戦われましたな」

「私も二度ほど押し出しましたが、手もなく追いはらわれました」

と、信吉は紅顔をほころばせ、

「こなたが手勢をひきつれ、必死で押しかかりますのを、叔父上が櫓の上から見下されれ……」

幸村は、この甥の力闘に対し、

「河内どのよ。ほれ、もう一押し、もう一押し」

はげましの声をかけてくれたというのだ。

どうにも余裕たっぷりで、手も足も出ない。

しかし、後に、

「幸村は甥の初陣と見て、わざと手加減をしたのだ」

と、味方にも敵にも評判が高かったそうで、これを滝川三九郎も耳にしている。

(戦さするのも、なかなかにうるさいものだな)

三九郎は苦笑をうかべたが、徳川家康はこのうわさをきくや破顔して、

「当然であろう」

と、いった。

「身内同志が敵味方に別れて戦い合うておるのじゃ。それほどの人のこころが通わなくては、けだものとけだものの争いも同然ではないか」

この家康の言葉をきいて、滝川三九郎は、この老人が好きになった。

冷酒をくみかわし、三九郎が真田の臣たちと談笑しているところへ、

「や、あれは……？」

藤田小伝吾というものが急に突立ち、彼方を指し示した。

対岸の木立からあらわれた軽武装の騎士三名ほどにかこまれた平服の武士が、いまや平野川へ馬を乗り入れようとしている。

川の水は少なかった。

冬にはめずらしい暖い日で、川水が陽《ひ》にきらめいていた。

「叔父御ではないか……」

と、真田信吉が立ちあがった。

まさに、真田幸村であった。

陣にあるものが、いっせいに駈《か》けあつまった。

むかしは、いずれも同じ真田家の士として幸村と共に戦った者たちである。

「やはり、お老《ふ》けになられたわい」

「なれど、ごらんあれ。あの手綱さばきのあざやかさ、むかしの若殿がおもい出される」

熱っぽく、なつかしげな家臣たちの視線へ、あたたかく微笑を返しつつ、幸村が陣所へ入って来た。

うやうやしく、これを迎えた河内守信吉に、上座にすわった真田幸村が、

「御辺《ごへん》が四歳の折に対面してこのかた、いまはじめて……」

と、いいかけると信吉が、

「叔父上。真田丸へ押しかけましたるとき……」

「いや、知らぬ。わしは知らぬぞ。それにしても思いのほか大きゅう、たくましくなられた。兄上（信幸）も、さぞ、およろこびであろう」

「和睦《わぼく》成りましたるおかげにて、このように叔父上と対面かないますこと、信吉、うれしゅう存じまする」

「わしも、うれしい」

うなずいた幸村の視線が、信吉の背後にひかえている滝川三九郎へとまった。

信吉がそれと気づき、

「叔父上。滝川三九郎殿にござります」

引き合わせるや、真田幸村の面上に、こぼれるばかりの親愛の情をたたえた笑いが浮きあがってきた。

「そこもとが滝川一積殿か……」

「はじめて御目通りつかまつる。滝川三九郎にござります」

「おお……」

幸村の双眸《そうぼう》は、感動にかがやいていた。

座にいることが耐えられぬように、幸村が三九郎に近づきしっかと両手を差しのべて、こちらの手をにぎりしめ、

「於妙がこと、くれぐれもたのみまいらせる」

と、頭をたれたものである。

自分と亡父・昌幸の徹底した徳川への反抗のために、徳川方にいる親族のすべてが肩身のせまいおもいをしていることを、幸村はじゅうぶんにわきまえていた。

夕暮れとなり、幸村が城へもどるのを滝川三九郎が見送って出るや、その左足を引きずって歩む義弟の姿に気づき、真田幸村が、

「三九郎殿。その左足のほまれの傷が、柳生五郎左衛門殿名残りの太刀にござるか？」

「いかにも」

「うらやましきこと。恩師がいつも、そこもとの左足に宿っておらるる」

「はい」

「では、これにて」

「ごめん下されましょう」

「三九郎殿。おそらくはふたたび、戦さがはじまろうが、そのときこそ、そこもととは槍《やり》を合せねばなるまい」

と、いったのは、来《きた》るべき再開戦を幸村は察知していたものであろう。

そのときこそ、三九郎と槍を合わせるというのは、幸村が家康の本陣へ決戦をいどむつもりだ、といったわけである。

「うけたまわり申した」

三九郎も、このまま徳川・豊臣の両家に平和がつづくとは考えていない。

果して、翌元和《げんな》元年五月……。

丸裸にされた大坂城に、ふたたび西軍は立てこもり、東軍を迎え撃つことになった。

家康の権謀に負け、城の戦備を取りこわされた西軍は、いきおい外へ打って出ざるを得なくなり、たちまち戦況は大詰を迎えることになった。

五月七日――。

天王寺一帯を決戦地として、両軍は激突したわけだが……。

このときの真田幸村部隊の奮戦ぶりは、あまりにも有名であるから記述するにもおよぶまい。

魔神のごとき真田隊の突進に、家康の本陣はみだれたち、家康は手輿《てごし》にしがみついて逃げ出す始末となる。

旗本の中に、あわてふためいて三里も先へ逃げ去ったものもいたほどであった。

このとき、あくまでも家康の輿につきそって槍をふるい闘った滝川三九郎について、
家康はのちに将軍・秀忠へ、

「三九郎がことを忘るな」

と、もらしたほどだ。

このときの勇戦によって、滝川三九郎は身に七創《そう》をこうむったという。

六

戦後、徳川の天下はいよいよゆるぎないものとなったが、徳川家康は大坂戦争の翌年に七十五歳の生涯《しょうがい》を終えた。

家康亡きのちも、幕府の政治体制は譜代の老臣たちの運営によって、みごとにささえられ、二代、三代と徳川将軍も無事に交替してゆくわけだが、けれども大御所家康の死は諸大名にも種々の影響をおよぼすことになった。

真田家においても然《しか》りである。

いままでは、家康の信頼が強くかけられていたし、さらには本多忠勝（すでに死去）のようなたのもしい親類がいて、むずかしい時世の転移を乗りこえてきたのである。

家康が死ぬと、幕府の真田家への態度がきびしく変わった。

二代将軍・秀忠は謹直な人物であるが、大の〔真田ぎらい〕であった。

元和八年になると、家康が返してくれた亡父・昌幸の遺領・上田を領していた真田信幸を、

「信州・松代《まつしろ》へ転ずべし」

と、幕府の命が下った。

上田では九万石。それを十万石に増やしてやるから松代へ移れというのだが、実りもゆたかな上田の領地と、荒地の多い松代では事情がまったくちがう。十万石でも実質は七万石ほどの収穫しかないのだ。

しかも北国街道の要路にあたる上田から、真田を追い出そうという幕府の肚《はら》の中は明確なものであった。この三年前には、かつては豊臣恩顧の大名・福島正則が領国の広島から追われ、信州の山村へ押しこめられてしまい、諸大名の国替えが突発的におこなわれはじめ、幕府の統治は、にわかに峻烈《しゅんれつ》の相をおびてきはじめた。

滝川三九郎も、

「三九郎がことを忘るな」

とまでいってくれた家康が、居てくれるのと死んでしまったのとでは大分にちがってくる。

大坂戦争の後も、三九郎には恩賞の沙汰《さた》はなかった。

名代となった叔父の家だが、叔父の遺子の一乗も十五歳をこえると、

「三九郎殿にあずけておいた知行を返してもらいたい」

と、幕府へねがい出た。

幕府は、これをゆるした。

このときの幕府は、三九郎に好意をもっていない。

なぜかというと……。

あの大坂休戦の折、真田信吉の陣で、三九郎が幸村と親しく語り合ったことが将軍・秀忠の耳にきこえて、

「三九郎は幸村と意を通じていたのではないか……」

と、秀忠が、大老の土井利勝へ洩《も》らしたこともあるそうな。

しかも三九郎は、いまも尚《なお》、幸村の妹を妻にして仲むつまじい。

その上、三九郎は知行返上についても幕府へは何の運動もせぬ。

「返せと申すのなら返せばよい。そなたと二人きり、子もない夫婦ゆえ、浪人暮しをいたしても束の間は保《も》とうよ」

三九郎は、のびやかなものだ。

幕府も、さすがに全部返せとはいわなかった。

「七百五十石を返すように」

というのだ。

これで千石ずつに分け合い、叔父の二千石は二つの家に別れ、三九郎は独立した旗本になることを得た。

「首がつながった上に、もはや、うるさいこともなくなり何よりだ」

三九郎は、芝の備前町《びぜんちょう》へ屋敷をうつされた。いままでの市ガ谷のそれよりはずっと小さな屋敷である。現在の港区芝田村町一丁目のあたりになろう。

どうも、幕府は三九郎をこころよく思っていない。

「当然だ」

という説が多い。

「いかに何でも、三九郎がやり口は大公儀をはばかるところがない」

もっぱらの評判である。

これはなぜか……。

滝川三九郎は、大坂戦争の後、真田幸村のむすめ梅とあぐりの二女を引きとり、

「おれには子がない。梅もあぐりも、おれと妻の姪《めい》なのだから、これを養女にするはたやすいことだ」

といい、於妙が、

「それではあまりにも……」

しきりに遠慮をしたが、

「父母を失った縁類のむすめを引き取るのは当然である」

「なれど……御公儀に対し、はばかり多いことにござります。もしも、ごめいわくが

かかりましては……」

「男子なればともかく女子ではないか。このようなことに神経《こころ》をとがらせるようでは、徳川の世も終りとなろう」

三九郎は平然として、二人のむすめを引きとり、養女にしてしまった。

幕府も、しぶしぶながら、この縁組をゆるしたが、むろん、こころよくゆるしたわけではない。

真田幸村は、村正《むらまさ》の刀が徳川家に祟《たた》るということをきき、わざわざ村正をわが佩刀《はいとう》にしていたという伝説があるほどの人物である。そのむすめを徳川の旗本が養女にしたのだ。

感動したのは、松代へうつされた真田信幸である。

信幸は戦国の武将から、みごと平時の政治家へ転身することが出来た殿さまの一人で、幕府の命をうけ、黙々として松代へうつり、この新しい領国の〔国づくり〕を懸命におこなっている。

「よくぞ仕《し》て下された」

信幸は重臣の鈴木忠重を滝川邸へ派して、ねんごろに礼をのべた。

しかし、幕府の鼻息ばかりうかがう武家の世の中にも、

「勇将の忘れがたみ、ぜひともわが妻に……」

と名のり出た者がいる。

伊達《だて》家の臣、片倉小十郎である。

滝川三九郎は、それが当然だというような顔つきで、

「よろしゅうござる」

先《ま》ず、姉の梅を片倉小十郎へ嫁《か》さしめた。

数年を経て……。

あぐりの聟《むこ》となったのは、伊予・松山の城主・松平忠知《まつだいらただとも》の重臣で、蒲生《がもう》源左衛門の一子・郷喜《さとよし》である。

「よくぞ、よくぞ……」

と、松代では真田信幸が感涙をうかべている。

幕府は苦《にが》い顔つきになったけれども、滝川三九郎の勤《つと》めには全くつけこむ隙《すき》がない。

寛永三年（一六二六）に、三代将軍・家光が上洛《じょうらく》したときも、三九郎は扈従《こじゅう》の列に加わった。

いまや三九郎も五十をこえた。

何と、五十をこえた三九郎が、四十をこえた妻の於妙に、はじめて子を生ませたものである。

しかも男子であった。

於妙は初産にもかかわらず、肥えた肉体からやすやすと子を生みおとした。

幼名を豊之助という。

「いろいろなことが束《つか》の間《ま》の一生には起るものじゃな」

と、いささか滝川三九郎も憮然《ぶぜん》たる顔つきで、猿《さる》の子のような赤子《あかご》をながめた。

「はずかしゅうございます」

於妙は夜具の中へ顔を埋めた。

「なにも恥ずることはない。思うて見れば当然じゃ。五十をこえてもこのおれは、三日に一度は中年肥《ぶと》りの妻のからだを抱いて飽きなかった男なのである。

夜と間をおかなんだものを……」

ぬけぬけと、三九郎はいう。

「なんだ、つまらぬ男ではないか」

という者もいるだろうが、いったい、どこがつまらぬのかといえば答えは出まい。

「おれ一代で、わが家はつぶしてしまえばよい」

と、常々いっていた滝川三九郎に立派な後つぎが出来たのだ。

この思いもかけぬよろこびの後には、また三九郎へ転変の宿命が待ちかまえていた。

七

寛永八年の春……。

滝川三九郎は、豊後《ぶんご》（大分県）にある幕府直領《じきりよう》を見まわる巡見使《じゆんけんし》として九州へ出張をした。

役目を終えて帰途についたのは、この年の秋に入ってからで、

「帰りみちゆえ、久しぶりにあぐりの女房ぶりを見てゆこうかな」

思いたち、海路四国へわたり、伊予・松山の城下へあらわれた。

松山の城主・松平忠知は蒲生秀行《ひでゆき》の次男に生まれ、家康にとって外孫にあたる関係から蒲生家をついだ兄とは別に家を興し、松平の家号をゆるされ、出羽・上《かみ》の山《やま》から伊予・松山へ転封《てんぽう》したのである。

あぐりが嫁いだ蒲生家は、殿さまの姓をゆるされたほどの重臣であったから、

「よう、おこしなされた」

当主の蒲生源左衛門をはじめ、長男の郷喜（あぐりの夫）も、よろこんで滝川三九郎を迎えてくれた。

あぐりは、すでに男の子を二人も生んでいて幸福そうである。

「よかった、よかった……」

滝川三九郎は、二夜を蒲生家にすごし、歓待をうけ引きとめられもしたが、

「御役目をすましての帰途にござれば……」

といい、江戸へ戻った。

この間、三九郎はあぐりに対し、あぐりの実父である真田幸村のことは一言も口にせず、自分があぐりの実父そのままであるかのような態度ふるまいを見せ、その様子を見た蒲生家の人びとは感動したそうである。

この年は無事に暮れた。

ところが、翌寛永九年の夏もすぎようとするころになって、幕府が滝川三九郎を改《かい》易処分《えきしよぶん》にしたのである。

つまり、身分も知行も取りあげ、家屋敷まで没収してしまった。

幕府は、三九郎の罪状を二つあげている。

その一、三九郎は徳川家の御敵である故真田幸村のむすめを養育し、これを蒲生家へ嫁さしめたのは、徳川家をはばからぬ仕方であり、はなはだけしからん。

その二、三九郎は去年、豊後の国へ御役目をもって出張をしたにもかかわらず、伊

予・松山へ寄港して、幸村のむすめの嫁ぎ先である蒲生家を訪問し、種々もてなしをうけたことは、まことに公私混同のふるまい。不謹慎《ふきんしん》きわまることである。

この罪状をきかされたとき、滝川三九郎は腹を抱えて笑いたくなった。

幕府から目付がやって来て、おもおもしく罪状をのべ、処分の申しわたしをおこなったわけだが、三九郎は一言も弁解をせず、

「お受けつかまつる」

と、こたえた。

あまりにも、ばかばかしくて怒る気にもなれない。怒るよりも先に、このように大人気ない幕府のあつかいを知っては、

（もはや、武士をやめても未練はない）

と、三九郎のほうから将軍や幕府を見捨ててしまったというべきであろう。

もしも天下をおさめる徳川幕府に対し、愛着と忠誠のこころを抱いていたなら、三九郎は死を決して、この処罰への抗議をおこなったにちがいない。

この年の秋に入って……。

滝川三九郎は、妻・於妙と六歳になる一子・豊之助をつれ、江戸を発して京都へ向った。

京の室町《むろまち》には、真田家の京都屋敷がある。

信州・松代にいる真田信幸は、

「三九郎殿に、いささかの不自由もさせてはならぬ」

すぐさま京都屋敷につとめていた鈴木右近忠重に命《めい》をつたえた。

京へ着いた滝川夫婦は、真田屋敷に迎えられ、二条・高倉のあたりに、ささやかながらも新築の邸宅を建ててもらい、下男下女五名をあたえられて引き移った。

こうした真田家のあつかいに対しても、

「さようでござるか。では遠慮なく御世話に相なりましょう」

と、滝川三九郎は淡々として、しかもたのしげに好意を受け入れる。

於妙にしても、兄・信幸がこのように夫を大切にしてくれることがうれしく、これをまた、こころよく受け入れてくれた夫の態度にも、安堵《あんど》をした。

川に水のながれるがごとく環境にさからわず、しかも三九郎は一度も自己を捨てたことがない。

幕府も、三九郎に、むりやり罪を着せたことに忸怩《じくじ》たるおもいがあったらしい。

というのは、その動機からして、まことに大人気ないものだったからである。

あのとき、滝川三九郎が松山へ寄ったことを、さも事ありげに幕府に密告したやつどもがいるのだ。

この者は、蒲生源左衛門と同じ松平家の重臣で、福西吉左衛門、関十兵衛の二人である。

つまり、この場合も重臣間の勢力あらそいが原因になっている。蒲生源左衛門をおとし入れるために、福西、関の二家老が、

「滝川三九郎殿が、ひそかに蒲生家へ立ち寄り、二日二夜にわたって何やら密談にふけった模様にござる」

などと、幕府へ告口をしたのだ。

彼らのしたことも武士《おとこ》にあるまじき行為だが、これをとりあげた幕府も幕府である。

歳月が、平和に三九郎夫婦の上を通りすぎて行った。

京に住むようになってから、二十三年目の明暦元年（一六五五）五月二十六日の夕暮れに、滝川三九郎は八十歳の長寿をたもち、ゆうゆうとして生涯《しょうがい》を終えた。

死にのぞみ、三九郎が老妻の於妙に、こういった。

「束の間の一生にしては長すぎたようじゃが……いまや三九郎一積、天地の塵《ちり》となるぞよ」

於妙は、その後も長生きをし、寛文《かんぶん》六年（一六六六）五月十三日に八十四歳で、けむりのごとく世を去った。

この三年前に、幕府は三九郎の一子・豊之助を召し出し、禄《ろく》三百俵をあたえて家名

を再興させたが、豊之助は、

「いまさら、どうも……」

あまり乗り気でもなかったようだ。

そのとき、於妙が、

「亡《な》き父上は、来《きた》るべき運命《さだめ》にさからわぬお方であった。そなたが、いまここに召し出されても、そなたの心も身も変わるものではないゆえ、江戸表へ出て暮すのも、また、たのしみであろう。御公儀にさからってみても、つまらぬことではありませぬか。さからい甲斐《がい》のない相手ゆえな……」

「なるほど……して、母上は？」

「わたしは、京で一生を終りましょう」

「なるほど……」

豊之助は、母の意を察し、ふたたび江戸へ戻って幕臣の列へ入り、亡父の名をおそい、滝川三九郎一明《かずあき》となった。

彼の両親の墓は、京の、花園・妙心寺にある。


（「歴史読本」昭和四十二年六月号）

三代の風雪——真田《さなだ》信之《のぶゆき》

死にのぞみて

「こりゃ、いかぬわ……」

真田信之（信幸）は、裏庭の築山《つきやま》へのぼりかけ、その途中で足をとめると、ゆっくり背をまるめて屈《かが》みこんでしまった。呼吸が荒かった。

「大殿！」と、後につきそっていた老臣の鈴木右近が馳《か》け寄り、信之の手をとって引き起した。

信之は、坊主頭《ぼうずあたま》の、青黒くむくんだ面《おもて》に苦笑を浮べて、

「もういかぬな。このような築山ひとつが、のぼりきれぬようでは、死出の山路を、どうして越えて行ったらよいものか……どうも途方にくれるわ」

むろん冗談ではあったが、右近は答えなかった。どっちみち、信之の死と共に自分の命を自分で絶ち切るつもりでいる鈴木右近である。（それがしが、このようにお手をひいて死出の山を越えさせ申す）

この殉死の決意は、むろん信之も知っている。（そんな馬鹿《ばか》なまねをせずとも、生きられるだけ生きておれ）といってやりたいのだが、いって無駄《むだ》だということもわか

っていた。第一、自分が先に死んでしまえば、右近の殉死を止めようにも止めることは出来ないのだから……。

主従といっても、二人とも今は隠居の身の上である。

真田信之は、この年（万治《まんじ》元年）の一月に、信州・松代《まつしろ》十万石を譲《ゆず》った息子・信政に死なれ、その後の世継ぎを決めるための問題が分家の沼田藩との間に紛糾《ふんきゅう》し、これに幕府からの介入もあったりして、一時は真田家十万石も危いというところまで行った騒動を、隠居ながら乗り出して見事に解決をした。

真田家は、信之の希望通りに孫の右衛門佐《うえもんのすけ》（幸道）が無事に継ぐことになり、これを幕府も、ようやく認可したばかりである。

わずか半年ほどの事件ではあったが、事態を、ここまでもってくるためには、信之もひどい苦心をかさねてきた。

何しろ九十三歳の老齢だったし、若いころから威容を誇った六尺豊かの肉体も、今度ばかりはまいってしまったようである。

幕府は、老中の酒井忠清が中心となって、何とか分家の沼田から、これも信之には孫に当る信利《のぶとし》を松代へ入れて十万石の当主にしようと圧力をかけてくるし、信利もまた十万石の身代をねらい、縁籍関係《えんせきかんけい》にある酒井を動かして暗躍をつづける。家臣たちも二派に別れ、何人もの隠密《おんみつ》が暗躍して、一時はどうなることかと思えた。

分家と本家の争いというよりも、これはむしろ、信之と幕府の争いであった。

「今度ばかりは、わしも疲れた」

騒動が解決したのちに、信之は、しみじみと右近へもらした。

そして、夏から秋にかけての間に、目に見えて信之は衰弱して行ったのである。

「右近。おぬしと初めて会《お》うたのは何年前のことであったかな?」

「八十年になります」

「おぬしは、わずか六歳であった」

「大殿は十四歳であられました」

「よう、おぼえておる」

「父の主水《もんど》が、上州名胡桃《なぐるみ》の戦いで討死いたしましたとき、それがしは真田のお家に引き取られ、大殿におつかえし、それより八十年……」

「かたときも離《はな》れたことはなかったの」

鈴木右近も、今年八十五歳になる。家は息子の治部左衛門にゆずり隠居しているが、まだ体は達者なものであった。しかし、右近は信之の死は、そのまま自分の死であると、ごく自然に考えていた。

真田信之という主君が歩んできた人生は、そのまま鈴木右近の人生であった。

(大殿の亡《な》くなられたあとに生きていてみても、つまらぬことじゃ)

この簡単な答えが、すべてなのである。

築山へのぼるのをやめて隠居所の居間へ引き返すと、信之は薬湯を命じた。

今度は、右近が苦笑した。

「何を笑う?」

「は――なれば……」

「なれば、何じゃ?」

「もう、そのような面倒なものをお飲みにならずともよいにと思いまして……」

「薬か?」

「左様」

もうじきに死ぬのだから薬なぞ飲む必要はないだろうと、家来が主人にいったのである。主従とはいえ、いかに相許した間柄《あいだがら》であったかが知れよう。

「薬を飲むはな……」と信之は、おだやかな微笑のままに、

「薬湯によって恢復《かいふく》するつもりは毛頭ない。むろん恢復するようなわしの体ではないのじゃが、なれど、薬湯は、わしの心身のはたらきをさわやかにしてくれる。あと幾日……わずかに残されたこのおだやかな毎日を、わしは、心さわやかに送って死にたい。なればこそ薬湯をのむ。いかぬかな」

「は……おそれいりましてござる」

「九十三歳の生涯《しょうがい》で、わしは、はじめて、家のことも政治のことも忘れて、心ゆくまで隠居の身をたのしんでおるというわけなのだ」

「大殿……」

右近は涙ぐんだ。

主君・信之という人物と八十年もつき合って生きてきた右近だが、その間に、信之が身をもって示したことは、何事にも自分というものの一切を捨てて、領国と領民のために働いてきた、その働きも一通りのものではなく、苦労と心痛の連続であったということが、いまさらに右近の胸を強くうったのである。

松代の城下から一里ほど離れた、この隠居所は鳥打峠の山麓《さんろく》にあり、深い樹林にかこまれている。

落葉がしきりであった。

この日の七日後の十月十七日に、真田信之は没した。

真田一族

私が、真田伊豆守《いずのかみ》信之という大名にめぐり合ったのは昭和三十一年の秋であった。

〔日暮硯〕という書物によって有名な真田家（信之死後約百年たってからの）家老・恩田

民親《たみちか》を主人公にした小説を書くために、史料を漁《あさ》り、そして初めて信州・松代の地を踏み、この小説を書きすすむにつれ、信之という真田家の藩祖の事蹟《じせき》と風貌《ふうぼう》に、私は強く魅せられてしまった。

そして、信之を主人公にした小説を初めて書けるという作家としてのよろこびにふるえつつ〔信濃《しなの》大名記〕〔碁盤の首〕〔錯乱〕〔獅子《しし》の眠り〕と四篇の連作を、この五年間に書くことが出来た。

真田一族のうち、先《ま》ず一番有名なのは、大坂の陣に華々しい戦死をとげ、豊臣家の恩顧に殉じた真田幸村であろう。

こころみに、いま手許《てもと》にある年表を繰ってみよう。

元和《げんな》元年の項を見ると——五月大坂・夏の陣とあって、真田幸村（年四六）死す——と明記されているが、信之が没した万治元年の項には、信之の死について一語をも記してはいない。

真田信之は幸村より一つ違いの兄である。双生児だったという説もある。

この兄弟の父が剛勇無双の真田昌幸という武将だ。父・昌幸と共に早くも十三歳のころから、兄弟は戦国の乱世に槍《やり》をふるって生きて来ていた。

目まぐるしく天下の覇権《はけん》を争い、その勢力の拡張に狂奔する武将たちは、日本全国に大小さまざまな戦争を引き起した。

これらの大勢力へ次第に〔しわよせ〕される地方豪族の動きの中で、真田一族は、先ず、その本拠である信濃の真田庄《さなだのしょう》から起《た》ち上りその実力に物を言わせ、ついに昌幸の代には信州上州一円の豪族たちを切り従え、その武力は中央勢力の脅威となるに至った。

真田家は、先ず武田信玄の傘下《さんか》に入った。

信玄が如何《いか》に名将であったかということはここに記すまでもないが、真田昌幸は、信之・幸村の二子と共に、一族の運命を托《たく》すに足る人物だと見きわめをつけたのであろう。

「どのみち、この弱肉強食の乱世に、一族の勢力を後のち伝え残すためには、信長か信玄か、または上杉か……いずれは天下人《てんかびと》となろうものに、われらの命運を托さねばなるまい」

と、こう昌幸も割り切っていたようである。

「われらの領土が、もちっと中央に近くばのう」

これであった。

徳川家康が、のちに天下をとったその素因は、家康が三河一帯の領主であったからだという。

朝廷という看板をいただき、日本の政治・文化の中心である京都を制するために、もっとも便利な地帯にいるものが、天下をつかんだ。信長・秀吉しかり。家康もまたそうである。

山岳と寒冷の領国・信濃を制した真田家も、この地形的不利を如何《いかん》ともすることは出来なかった。

秀吉と家康が擡頭《たいとう》するまでは、信長と信玄の激闘であった。

織田か、武田か！

「いうまでもない」と、昌幸は断じた。

旅芸人や旅商人や山伏などに変装した真田の隠密《おんみつ》たちは絶えず諸国に散って情報を集めてきたが、昌幸は、織田信長という大名のアブノオマルな性格を、いち早く看破していた。

「信長は早死よ！」

武田信玄は、中央進出を目ざして、ひた向きに進んだ。

真田一族は、武田軍の闘うところ、必ず従軍して活躍した。

信玄もまた、真田一族へ対するに、厚遇《こうぐうや》止むところを知らなかったという。

だが、武田信玄の天下統一の大望は、天正《てんしょう》元年四月に、信玄の急死によって絶ち切られた。

以後——武田家は、織田・徳川の聯合《れんごう》軍によって次第に圧迫され、九年後の天正十年三月に、武田家は滅亡した。

これによって真田一族は一転、逆境におちいったわけである。

ふたたび信州へ立てこもり、織田・徳川に一泡《ひとあわ》吹かせようとかかったが、

「まず、余にまかせておけよ」

乗り出したのが豊臣秀吉だ。

これより先、武田をほろぼしたその年の六月に、織田信長は明智《あけち》光秀の謀叛《むほん》によって、京都本能寺に害せられた。昌幸の予言は正に適中したのである。

こうして豊臣秀吉の登場となる。

秀吉は目ざましい足どりで天下を手中につかんだ。家康とても屈せざるを得ない。

この秀吉の調停によって真田昌幸は、長男・信之に家康の養女・小松を迎えた。小松は本多忠勝の娘である。

この女性は終始賢夫人として信之に仕えた、というよりも、信之が一目も二目も置いた女丈夫《じょじょうぶ》であったらしい。

「おぬし、厭《いや》ならば、この縁談はことわってもよいのじゃぞ」

と、昌幸は信之にいった。

「父上。わたくし、のぞむところでござる」

「家康めの養女を嫁にしたいというのか?」

「なればこそ、のぞむところでござる」

「ふうん。おぬしは好きか？　あの狸《たぬき》めが……」

「好き嫌《きら》いから申すのではありませぬ。父上が信玄公を信じて真田の命運を託されたごとく、わたくし考えますに、家康公と結ぶは真田家の行末にとって悪《あ》しうはありませぬ」

「何！」

昌幸は息子の言葉に不満だった。

徳川家康という人物が、ただ単に天下を狙《ねら》おうという野望のみではなく、天下を治め、自分の手で日本の戦乱に終止符をうとうという理想をしっかりと踏まえ、それにふさわしい力量と大政治家としての人格をそなえていることを、早くも信之は知っていたのである。

ところが、父の昌幸も弟の幸村も、根っからの家康ぎらいであった。

敬慕のかぎりをつくしてきた武田信玄、その武田家をほろぼした張本人という意識が昌幸にはある。幸村にしても槍一筋、戦争のかけ引きによって男らしく闘う大名というのではなく、おそるべき政治力によって着々と、来《きた》るべき日を待ちつつ力を温存している家康の老練きわまるやり口が、どうも肌《はだ》に合わない。

ここのところが、幸村と信之の相違点なのであろう。むろん戦術家としての活躍をほしいままにした幸村は愛すべき人物だが、一国の大名としての幅は、兄・信之に及ぶべくもない。

そうかといって、このことで父子兄弟の間が不仲になったわけではない。考え方の違いはあっても、真田一族という血と愛情のつながりはおどろくほど濃いのである。

この点、戦国時代の他の大名の家に見られる血族の凄惨《せいさん》な争闘ともいうものは全く真田家には見られない。

やがて秀吉が没し、関ガ原の戦役に東西両軍の激突があり、徳川家康は、いよいよ天下人《びと》となる第一歩を踏み出したが、このとき、例によって昌幸・幸村の父子は秀吉の恩顧に殉じようとして西軍に加わった。

上田城にこもって、関ガ原へ向う徳川秀忠の大軍を釘《くぎ》づけにした話はあまりにも有名である。

むろん、信之は家康に従った。

関ガ原戦の後に、信之は、父と弟の助命を家康に願った。

かけひきも何もない。肉親への愛情から、ただ必死に願ったのである。

真田信之という人物に対する家康の信頼も一方《ひとかた》ならぬものがある。信之の実績が、この信頼を深めていたからだ。

家康が信之の願いを許そうとするのを見て、秀忠がいった。

「昌幸父子のために、我らは上田へ釘づけとなり、関ガ原参戦の機を逸し、父上（家康）からの譴責《けんせき》只《ただ》ならず。ゆえに、たとえ父上はこれを赦《ゆる》さるるとも、余は赦せぬ」

といい張った。

この秀忠の憎悪《ぞうお》は、後のちまでも尾を引くことになるが、このときは、徳川の重臣、榊原康政《さかきばらやすまさ》・井伊直政などの口添えもあり、家康は、信之の孝心をあわれみ、昌幸・幸村の父子は、紀州九度山《くどやま》へ配流《はいる》ときまったのである。

このことがあってから、信之の家康に対する忠誠は深まるばかりであったという。

こうして、大坂の戦役となる。

昌幸はすでに没し、幸村は豊臣方の軍師（総参謀長）として大坂城へ入り、さんざんに徳川軍を悩ませるということになった。

信之の立場もつらいところだ。

しかし家康は、大坂の戦場で兄弟が闘うことを考え、

「伊豆守（信之）は留守を頼む」

信之に江戸城警衛を命じた。

信之は、信吉・信政の二子を大坂戦に参加させた。

この前後の、信之・幸村の真田兄弟と、家康との挿話《そうわ》はいくらもある。

そして、その一片一片を探り出すたびに、私は徳川家康という人物の大きさ、深さを再認識せざるを得なかった。

それは――世にいう狸じじいの家康、権謀術数の権化《ごんげ》とうたわれた家康だが、腹の底をぶちまけて誠意一つを表にたてて自分にぶつかってくる信之のような人間には、どこまでも温い人間味と誠意をもって応《こた》えているという事実だ。

現に、いよいよ最後の戦いとなるだろう夏の陣が始まる前の休戦時に、家康は、ひそかに計らって、信之と幸村を京都で対面させてやっている。

それも、兄弟が全くそれと知らぬように計らってやっているのだ。

後年になって、これを知ったときの信之の感動がどんなものだったかは容易に想像出来よう。

かくて、弟・幸村も大坂の戦役に死んだ。信之が身心のすべてを捧《ささ》げ、共に天下和平への道を歩んできた家康も没した。

徳川幕府の礎石は、がっしりとうちたてられた。

諸国大名は、家康が死ぬまで苦心を重ねた政治の網の中にしっかりと摑《つか》みこまれた。

そして、将軍は真田ぎらいの秀忠である。

秀忠も凡庸な将軍ではむろんないのだが、真田家へ対する〔しこり〕はどうしても消えなかったといってよい。

家康亡きのち、真田の当主として上田城にあった信之が、実り豊かな上田領から、松代へ移されたのは、大坂戦役から八年後の元和八年晩秋のことであった。

新しい領地の松代は、上田から約十余里。千曲《ちくま》川を北上した善光寺平をのぞむ城下町で、信之が入るまでは酒井忠勝が領していた。

松代は四郡二百余村十万石の領地だが、荒廃した土地柄で実収は七万石そこそこであった。

これより、徳川幕府の真田家へ対する監視の眼《め》はたゆみなく光りつづけた。

肉親の父と弟を徳川の手によって死なせた真田信之という大名が、あくまでも従順に、どこまでもつつましやかに将軍と幕府へ従属しているのが不気味でもあったらしい。

というのは、第一に、過去に於《お》ける信之の武勇と政治力の卓抜さを幕府自身がよく知っていたこと。第二に、二十三万両という莫大《ばくだい》な財産がひそかに貯わえられていたことを幕府が密偵《みってい》の報告によって知ったこと、これである。

武力によって天下をとった幕府だけに、大名への監視はきびしい。取潰《とりつぶ》しや転封《てんぽう》を絶えず行なって大名たちの力を殺そうとかかったのは周知のことだ。

(真田は、何を考えていることか、知れたものではない)

幕府主脳《しゅのうぶ》部がこうした考え方を変えずに信之を見ていたことは、信之の死後も、間断なく課役《かえき》を行い、数回にわたる江戸城の普請《ふしん》や東海道の道普請を命じて、信之が遺《のこ》した二十万両の金を残らず吐き出させてしまったことでもよくわかる。

信之は、少しも幕府にさからわなかった。

天下に平和がおとずれたいま、信之の胸にあるものは、ただ、

(領国と領民と家臣たちの幸福)

のみであったといえよう。

そのために力をつくすことが、また信之にとっては、

(愉快きわまることだ)

ということになる。

領国を富ませ人びとを幸福にするために働くことが、信之の楽しみであったというのである。

家来たちばかりか、世上にも、信之の名君ぶりは評判となって、いろいろ賞《ほ》めたたえられたが、そんなうわさをきくと、信之は苦笑して、こういったものである。

「何をいうのか。大名たるものは名君で当り前ではないか。大工が木を切り、百姓が鍬《くわ》を握ることと同じに当り前のことよ」

信之の恋

このように、真田伊豆守信之という大名の後半生は、いわゆる〔名君〕としての間然するところなき日常のつみ重ねになって行くわけだが、信之にも激しい恋が一つだけあったのだ。

妻の小松は賢夫人でもあり、政治上のよき相談相手でもあり、武人の妻として申し分のない女性ではあったのだが……。

大坂戦争の少し前に、信之は大御所家康に扈従《こじゅう》して、かなり永い間、京の真田屋敷に滞留していたことがある。

もともと真田家は清和天皇の皇子、貞保親王から出ており、数代を経て、信之の祖父の幸隆《ゆきたか》の時代に信濃真田庄へ住みついたというわけで、京の公卿《くげ》たちの中には親類もかなりある。

ときの菊亭大納言《きくていだいなごん》季持《すえもち》は、信之・幸村の義理の叔父に当る。

余話になるが、菊亭大納言は、敵味方に別れた真田兄弟の身の上を心配し、何とか幸村を徳川方に引き入れようとして骨を折ったりしたものだ。

そのとき四十七歳だった真田信之が、小野のお通という女性を知ったのも、おそらく、この菊亭大納言という叔父さんの紹介があったからであろう。

小野のお通は、その当時何歳であったかは明確でない。三十歳前後と推定してよかろうと思う。

お通は、当時文化人として一流の盛名を馳《は》せていた女性である。その出生もハッキリとしてはいないが、お通の父も兄も、今川から徳川・豊臣に仕え、たび重なる戦争に、みな討死してしまったものらしい。

彼女が若いうちから宮中に仕えていたことは確かで、しまいには女ながら金子《きんす》二百両・百人扶持《ぶち》を朝廷から賜《たま》わったほどの才色を世にうたわれ、諸礼式・礼法に通暁《つうぎょう》しているばかりでなく、宮中と大名たちとの間に入って、かなり大きな外交的な活躍をつづけてきたものらしい。

文学、芸能の道にも造詣《ぞうけい》が深く、何曲もの浄瑠璃《じょうるり》節を作詩作曲したが、そのうちでも、名人・笹島検校《ささじまけんぎょう》が節つけをした〔十二段草紙〕は、非常な評判をよんだものであった。

しかも豊麗きわまる美貌《びぼう》なのである。

（これは……）

と、信之は一目見て息を呑《の》んだ。

何度か会い、口をきき合い、彼女の教養の深さと、それを鼻にかけない人柄《ひとがら》の美し

さにふれて、

（うむ！）

と、唸《うな》らざるを得なかった。

こういう女性は、信之にとって初めてのものであったといってよい。

何しろ十代の若さから血風吹きすさぶ戦場を馳《か》けまわって、息をつく間もなかった信之なのである。

お通が心をこめてたててくれる茶をすするたびに、お通がよむ和歌の一つ一つを知るたびに、信之は、知らず知らず彼女に魅惑され、ついにそれは強烈な情熱となって狂わしく信之の心身をさいなみはじめた。

お通にしてもである。真田信之という端倪《たんげい》すべからざる智力《ちりよく》と武勇をそなえた男の肚《はら》の底には、絶えず戦乱を消して世に平和をもたらしたいという熱望がたぎりたっているのを知り、これまた信之に対する思慕は燃え上ってきた。

だが、それは互いにかわす書簡などによって通じ合っていただけのことで、いきなり、ただならぬ関係に飛びこんでしまったわけではない。

ときもときであった。

ただひとり大御所・家康の信頼だけを心のささえにして、将軍・秀忠の白い眼と、世上の疑《ぎ》心暗鬼《しんあんき》的な風評とを一身に浴びつつ、信之は大坂城にこもる弟の幸村を攻めなくてはならなかったのである。幸いに、家康の計らいにより夏の陣には江戸警衛を命ぜられたが、幸村はその軍師としての才能を縦横に発揮し、冬と夏の両戦闘に於て家康の首が幸村の奇襲計画によって危急にさらされたことは少くとも三度はあった。しかも家康は、終戦後になって、一時は取り上げていた上田城を信之に返してくれたのである。

「上田へまいった方が政事には都合がよいであろう」

こういって、沼田と上田の両領を治めていた信之に、信濃《しなの》随一の堅城とよばれた上田城を返してくれたのだが、家康の没後に、幕府が信之を上田から松代へ追い払ったことは前にのべた。

このように小野のお通と知りそめてからの数年というものは、信之にとって、直接に戦塵《せんじん》を疾駆することはなかったのだが、まことに多事多難の連続であった。

信濃と京と――。相愛の二人は、書簡と贈物にその心を托しては交情を温め合った。ことに信之は、小松夫人の目をぬすんですることだから、この使いには、鈴木右近が京の屋敷に残って、万端を取りしきったのである。

右近は、ときに三十九歳から四十六、七歳にかけてのことであった。

元和六年の正月――小松夫人が没した。

風邪をこじらせたのがもとで、彼女は沼田の城に在ったのだが、信之は馬を飛ばせて上田から駆けつけてきた。

「春も近い。それまでの辛抱じゃ」

本気で、信之はそういった。

こうなってみると、小松が妻として、留守居がちの家を治めた功績は大きい。それが、信之には、ひしと感じられたのである。

小松は首を振って見せ、それから、いたずらっぽい微笑を信之に投げ、

「京の女《かた》をお呼び遊ばしても構いませぬ」といった。

ちゃんと知っていたのである。

信之も、小松の死後になり、思いきって京へのぼり、久しぶりにお通と会い、

「信濃へ来てはくれぬか」と切り出した。

お通は、これを拒絶《きょぜつ》した。

「大名の家のものとなるのは、わたくし、のぞむところではございませぬ」

信之を愛してはいるが、武家の社会ほど不安と危険が多いものはない。それを身にしみて知っているから……というのである。

「それほどに、わたくしのことをお想《おも》い下さいますならば、真田十万石を捨て、一人の男として京へおいで下さいませ」

理性の強い女性であったと見える。

信之も一時は迷いに迷ったようだが、帰するところは、

（これからの真田家に、わしが居《お》らねばどうなる？　まして家を潰し、家来と領民を苦しませることなどは……）

とうてい出来得ぬ信之であった。

かくて信之は、お通と別れ、新領地松代へ国入りをした。

のち数年を経て、お通も一度、松代を訪ねた形跡があるが、たしかな資料は残っていない。

しかし、お通の娘（信之と別れてからなのか、その前からいたものか、判然としないが）のお伏が、信之の息・信政の側妾となった事実がある。

その後も何かと互いに文通があったものであろう。

以来、真田伊豆守信之は、荒廃した松代の領国を開発し、鋭意、松代藩の充実をはかるために、ひたすら政事に没頭した。

側妾もかなりいたようである。

信之の遺子は諸方にかなりいる。

鈴木右近の殉死

松代へ来た元和八年に、信之は五十七歳であった。

それから九十三歳で没するまで、約四十年も長生きして政務にはげんだ。

領民達は、この殿さまを誇りにした。

幕府は何とか真田家を取り潰そうとかかったらしく、何人もの隠密《おんみつ》を潜入させて、信之の治政の欠点を握ろうとしたが、信之は毛ほども彼等に餌《えさ》を与えなかった。

いや与える必要がなかったといってよい。

「忍びのものなど、何人いても平気じゃ、わしの治政には裏も表もないのでのう。そのまま将軍や老中の耳に達してくれればよいのじゃものな」

隠密が家来になっていたが、平気で召し使っていたのである。

一度、馬場主水《もんど》という隠密が根も葉もないことをつくり上げて幕府へ報告したこともあったが、このときの江戸家老・大熊《おおくま》正左衛門は老中の訊問《じんもん》の一つ一つをはね返し、さすがに幕府も手も足も出なくなり、仕方なく、馬場主水を追放してしまったことがある。

「あやつだけは生かしておいて為《ため》にならぬ男じゃ」

信之は、ひそかに手をまわし、二年後に、主水を暗殺してしまった。こういうことは万事水際《みずぎわ》立ったやり口で片づけてしまう。そういうところに、信之が隠密活動というものを如何《いか》に深く熟知していたかが知れるのだ。

信之は、九十二歳まで領主として自ら政事をとっていた。信政という後つぎに十万石の身代を渡すのに不安であったからだ。せっかく丹精した土地と民を、何とかこのままの幸福を永続させて行くだけの力量が領主にそなわるまでは、と考えていた。

しかし、信政は凡庸であった。

信之は、そのため信政を補佐すべき重臣たちに、真田の政治とはいかなるものかということを徹底的に叩《たた》き込んでから、ようやく、六十歳になった信政を分家の沼田から呼びよせて松代の本家をゆずり、自分は一当斎と号し、柴村の隠居所へ引きこもったのである。

ところが、信政は松代へ来て間もなく急死し、前にのべたお家騒動が起ったのである。

隠居したばかりの信之は、ふたたび起《た》ってこの騒動を解決した。

そして、いよいよ死を迎えたわけである。

信之は、領民たちが唄《うた》う田植唄をきくのが何よりの愉楽だったという殿さまであった。

こういう政治家は、現世の何処《どこ》におりましょうかな……。

真田伊豆守信之――まさに政治家としては奇蹟《きせき》的な人物のひとりであろう。

信之が没した翌々日に、鈴木右近忠重が殉死した。

右近は、かねてから木村渡右衛門を立会人に頼み、羽田六右衛門を介錯《かいしゃく》に頼んでいた。

場所は、鈴木家の菩提寺《ぼだいじ》、西条村にある法泉寺である。

和尚《おしょう》が一間を提供してくれた。

切腹に当って、右近は木村にいった。

「どうも八十五にもなると、こういうときの作法を忘れてしまったようじゃが、どうしたらよかったかな?」

「はあ。先《ま》ず位牌《いはい》に拝礼し、その位牌を背にしてつかまつるべきもののように、それがしうけたまわっておりますが……」

「フム。そうか……いや、そうじゃろ」

介錯の羽田が、

「では――」と進み出た。

「待て」

右近は手をあげて制し、障子を開け放った庭の上にひろがる冷たく晴れわたった晩秋の朝空をながめていたが、

「のう……わしはな、立腹を切ってみようかと思うのだが……」といい出した。

「いや。勇ましいことではござるが、何分御老体ゆえ、尋常の切腹がよろしかろうと存じます」

木村がこういった。

「そうじゃな。その方が神妙じゃろ」

右近は逆《さか》らわずにうなずき、ゆっくりと肌《はだ》をくつろげ、さも嬉《うれ》しげに満面をほころばせ、只《ただ》一言、

「大殿。今まいる！」

叫ぶと同時に刀を腹へ突立て、おどろくべき力で、たちまちに、きりきりと引きまわしたものである。

「えい！」

介錯の羽田六右衛門が、うしろから刀をうちおろしたが、少し逆上していたと見え、肩骨へ打込んだ。

すると、右近が振向いていった。

「おぬし駄目《だめ》じゃな。頼むではなかった」

「それがし、つかまつる」と、木村渡右衛門が、とっさに進み出ると、

「よし。じゃが、六右衛門が仕損じを誰にも洩《も》らすなよ」と、血にそまりつつ右近がいう。

「承知」

「やれい」

ここで、首が落ちた。

昔は大変な人がいたものだ。

松代藩・真田家は、明治維新まで十万石を存続した。

この間に、何度も幕府からの圧迫もあり、政治・経済的な危急もあったが、信之が遺した精神は、藩主にも家来にもよく伝えられ、苦難のたびに、見事、これを切り抜けることが出来たのである。

これで私に与えられた枚数もつきたようだ。


（「歴史読本」昭和三十七年一月号）

首討とう大坂陣——真田《さなだ》幸村《ゆきむら》

一

現代は、戦争を罪悪とする時代である。

現代の戦争は、戦いをこのむ、このまざるにかかわらず殺戮《さつりく》され破壊されるからだ。

だが、五百年ものむかし、戦国の武士として生きた人びとには戦争が人生であり、その心と肉体を駆使して行なう戦闘の場は、いやでも彼らの〔技能〕と〔修錬〕とを発揮せざるを得ぬ場所となったのである。

現代の戦争では、人間の心身そのものの個性的錬磨《れんま》を必要としない。必要なのは感情を消滅させた科学的計算のみである。

この意味から〔戦国の武士〕たちの中に、戦場を芸術化した人びとがいたことを指摘してもよいと思う。

これはむろん、戦火の惨状とは別のものであって、史料にのこる、これらの武士たちの躍動の中に、私どもは人間の精神と肉体の高度な発揚をながめることができる。

戦争のばからしさが、ようやく武士たちの間にさえさとられはじめ、武士たちのころには打算が芽ばえた。

戦争がばかばかしいものだと知っていながら、この一点に双方こころがむすびつかず、いわゆる〔話合い〕によって世の中に平和をとりもどすことが出来得ぬ状態というものは、五百年のむかしから現代まで、すこしも変わっていない。

真田幸村という武将は、日本の戦国時代の終末にあらわれた最後の〔戦場における芸術家〕であった。

二

真田家は、清和天皇の第二皇子・貞保親皇から出て、滋野姓を名のったが、のちに信濃国《しなののくに》・海野《うんの》ノ庄へ住みつき、海野姓となり、真田幸村の祖父・幸隆《ゆきたか》の代に真田ノ庄へ城をかまえ、以来、真田姓を名のった。

と、これは真田家が、みずからいうところの家系である。

この真偽を問うすべもないから、この家系を信ずることにしよう。

真田幸村は、永禄《えいろく》十年（一五六七）に、甲府で生まれた。

そのころの甲府は、いうまでもなく武田信玄の本拠であり、幸村の父・昌幸《まさゆき》は、そのころ武藤喜兵衛《むとうきへえ》と名のり、信玄につかえていた。

祖父・幸隆は、幸村が生まれる二年前に死んでおり、真田家は長男の信綱《のぶつな》がついだ。

父の昌幸は次男であったから、信州の本家をはなれ、武田家への忠義のしるしとして甲府へつめていたのだ。

当時の昌幸は、二十一歳の若年ながら、

「あっぱれの若者である。わが甲斐《かい》の国の名門、武藤の姓をあたえよう」

と、武田信玄の信頼はただならぬものがあったという。このころの信玄は上洛《じょうらく》の希望に燃えており、諸方に転戦して国がためをおこなっていたことでもあるし、昌幸はこれにしたがい、武人としての資性を大いにみとめられたのであろう。いま、高野山・成慶院にのこる〔武田二十四将の図〕の中に大将・信玄をかこむ重臣たちに伍《ご》して、昌幸の武藤喜兵衛も胸を張ってえがかれている。

このように、信玄のひきたてを受けていた昌幸であるから、その夫人・山《やま》ノ手《て》どのが今出川《いまでがわ》（菊亭）大納言《だいなごん》晴季《はるすえ》のむすめだとしても、おかしくはない。

武田信玄夫人は、三条内大臣のむすめだし、信玄の父・信虎《のぶとら》は妾腹《しょうふく》のむすめを菊亭晴季に嫁がせて（側室ともいう）いる。当時の公卿《くげ》たちの衰弱ぶりを見れば、大納言晴季のむすめが昌幸の妻となったところでふしぎはなく、その後の今出川家と真田家の関係を見ると、なおさらに、その感をふかくする。

で……。

この昌幸夫人が菊亭晴季のむすめならば、信幸・幸村の二子は、まず、その腹から生まれたと見てもよいのだが、別に、昌幸夫人は宇田《うだ》氏から出たともいい、遠山氏から出たともいう。

幸村、幼名を御弁丸《おべんまる》といい、のちに左衛門佐信繁《さえもんのすけのぶしげ》と名のった。信繁が本格のよびかたであるが、この稿では、やはりなじみぶかい真田幸村で通したい。

ところで、妙なことがある。

真田昌幸は、

「われらが家は、代々、若名《じやくみよう》に源の字をつけるならわしゆえ、長男を源太郎とすべきなれど、ちかごろ、惣領名《そうりような》には不吉《ふきつ》のことが多い」

こういって、長男の信幸に源三郎とつけ、次男の幸村に源二郎とつけた。

これはおかしい。

惣領名が不吉ならば、長男が源二郎、次男が源三郎であるのが当然ではないか。

〔真武内伝〕に、こうある。

「……その昌幸公の底意は、日ごろ次男・左衛門佐殿（幸村）を御寵愛《ちようあい》ゆえ、豆州《ずしゆう》公〔信幸〕は御一分《いちぶん》をもって御身をたてらるべくとの御存意と相きこえ候《そうろう》」

つまり、長男は別にめんもくのたつようにして家をもたせるつもりだった、というのだ。

のちに……。

真田昌幸は、本城の上田にいる自分の手もとへ次男の幸村をおき、長男には沼田の城をあたえ〔分家〕のかたちとなした。

このころの真田家の空気を見ても、昌幸が長男よりも次男を愛していたことは、かなり濃厚に感じとることができる。

こんな異説も、信州にはのこっている。

「信幸と幸村とは双生児《ふたご》だったのさ。しかも妾腹だよ」

三

真田幸村が、七歳のときに武田信玄が病死をした。

古今無双の英雄といわれた信玄が死ぬや、尾張《おわり》・美濃《みの》の国々を平定した新興勢力の織田信長の擡頭《たいとう》ぶりはいよいよ目ざましいものとなった。

信長は、室町最後の将軍・足利《あしかが》義昭を放逐し浅井・朝倉両氏と姉川に戦って、近江《おうみ》をも手中につかんだ。

さらに……。

幸村が九歳になった天正三年(一五七五)五月。信玄亡《な》きのち、子の勝頼がひきいる武田軍が、織田・徳川の連合軍と戦い、大敗を喫した。

ところは三河《みかわ》・長篠《ながしの》城外、設楽《しだら》ガ原である。

織田信長が、新兵器の鉄砲を大量に仕こみ、この威力の前に、突進する武田軍は将棋倒しとなった。

この戦いには、むろん真田本家も従軍しており、家をついだ真田信綱と弟の昌輝も織田軍の銃火をあびて戦死したので、ここに武藤喜兵衛は本家をつぎ、真田昌幸となった。

武田家がほろびたとき、幸村は十六歳になっている。

ときに天正十年春——。

この年は、天下が大きく転換した年であった。

宿願の武田征討をなしとげた織田信長が、明智《あけち》光秀の謀叛《むほん》によって本能寺に死ぬかと思うと、羽柴秀吉が疾風のように中国の戦陣から馳《か》けもどり、

「なんという、すばやいことをするやつじゃ」

権謀術数《けんぼうじゆつすう》には自信のある真田昌幸も、信州にいて呆気《あつけ》にとられたほどの速さで、

「右大臣さまのかたきを討て！」

秀吉はあっという間に、山崎の合戦で明智軍をやぶり、光秀の首を得た。

織田・徳川の連合軍が甲府へせまるのを知って、真田昌幸は武田勝頼に、

「ここではとてもささえ切れませぬ。それがし、上州・吾妻《あがつま》の岩櫃《いわびつ》城へ一足先にもど

り、戦さ仕度にかかりますれば、御館《おやかた》にもそちらへお移りねがいとうござる。あの城ならば数年の間は、みごとにもちこたえて見せましょう」

「たのむ」

そこで、昌幸は信州へ急行したが、その後、勝頼は小田山信茂の謀略にかかって信州行きを中止し、天目山《てんもくざん》に死んだ。

主家の武田がほろびてしまっては、真田昌幸も〔一匹狼《おおかみ》〕とならざるを得ない。けれども、これまでの小勢力の争闘が、しだいに大勢力にふくみこまれ、その中の、もっともぬきん出た実力者が、

「天下を統一しかけている」

その時代の推移について、昌幸が盲目だったわけではない。

だからこそ、最後の追いこみによって、

「わがちからをひろげのばせるだけ、のばさねばならぬ」

ときに、昌幸は三十六歳のはたらきざかりであったし、猛然と立ちあがったものである。

信幸にとっても幸村にとっても、これからが武将の子としての戦歴のページをひらくことになったといってよい。

四

けれども、若き日の幸村や兄の信幸については、はなばなしい戦さ語りはのこっていない。

そのころの真田家の戦歴は、みな父の昌幸があざやかに自分のものとしてしまっている。

昌幸は、本拠の真田にある松尾《まつのお》や天白山《てんぱく》の城を出て、近くの戸石《といし》城へ移った。ここには前に、村上義清という強敵がいて、真田軍や武田信玄をなやませたものだが、ついに幸隆の代に真田家が城をとってしまった。

こうした山城《やまじろ》にかこまれた〔真田ノ庄〕のおもかげは、いまも尚《なお》、その匂《にお》いを色濃くとどめていておもしろい。

長野県・上田市から北東へ三里ほど行くと、真田親子が暮していた城や屋敷や、菩《ぼ》提寺《だいじ》のあとを見ることができる。

天白山のふもとに〔御屋敷跡〕とよばれるところがある。

いまは小さな神社の境内になっていて、小深《こぶか》い林がこんもりと、真田屋敷の跡をかくしている。

ここは、真田信綱が住んでいたそうだが、昌幸も真田家をついで帰って来ると、この屋敷をたびたび利用したらしい。

本妻の山ノ手どのにかくして、そっと妾《めかけ》をおいていたのだそうで、

「昌幸公がね、城をおりて、あわてくさって、馬にのってね、この屋敷にいるお妾に逢《あ》いに来たんですよ」

と、いまでも上田の人は見てきたようなことをいう。

真田昌幸の進出は、

「先《ま》ず、上田へ城をきずいて入りたい」

そのことからはじめられた。

すでに、昌幸は関東の北条氏邦《ほうじょううじくに》の圧迫とすさまじい戦闘をくり返しつつ、上州の沼田城を手に入れていた。

北条氏もそうだが、越後《えちご》の上杉氏も依然、大勢力をほこり、真田を押しつぶそうとする。

「なんとしても沼田の城は、わがものとしておきたい」

これが昌幸の熱望である。

なぜなら、上州一帯の地がためをしておかなくては、信州の本拠があぶないからだ。

「武田家をほろぼした徳川にあたまを下げるのはいやなことだが……」

いいつつ、昌幸は徳川家康にしたがうことにした。

なんといっても徳川の実力のすばらしさは、このころになるとだれの目にも明確なものとなってきている。北条や上杉と対応するためにも、これは避けることのできぬ現実であった。

「上田へ城をきずいてよろし」

と、家康のゆるしが出ると、昌幸は、すぐさま上田築城にとりかかった。

千曲《ちくま》川の尼《あま》ガ淵《ふち》にのぞむ断崖《だんがい》上の城は、

「この城ならば、秀吉や家康の大軍が攻めよせてこようとも、わしは見事にふせぎとめて見せるわ」

と、昌幸自慢の城が出来上った。

「源三郎も源二郎も、鋤《すき》をとれ。土をはこべ」

昌幸がいい、父子《おやこ》そろって家来や人夫たちと共に泥《どろ》まみれになり、城づくりにはたらいたという。

真田昌幸の放言は嘘《うそ》ではなかった。

上田城が出来て、まる二年目の天正十三年八月に、はからずも昌幸は、この城へ徳川軍を迎え撃つことになった。

原因は、徳川家康が、

「沼田城を北条へ返してやれ」

といってきたからである。

家康は前年に秀吉と小牧・長久手《ながくて》に戦っていたし、北条氏と手をむすぶ必要があった。北条では「沼田を返すようにはからってくれれば力を合わせよう」というので、この処置となったのだ。

「何をいうか！」

真田昌幸は、家康の命令をきこうともせず、さっそく今度は上杉景勝と手をむすび、北条・徳川へ対抗するかまえを見せる。

十九歳になっていた真田幸村が、上杉の居城春日山へ伺候《しこう》したのは、このときである。

「時を見ては敵となったり味方となったり、どうも真田には心をゆるせぬ」

と、上杉景勝は顔をしかめたが、やって来た幸村を見ると、ひと目で気に入り、

「若年にしては、まことに温厚にして威そなわり、見るからにたのもしきせがれじゃ」

と、ほれこんでしまった。

さて、徳川家康は、

「このままにしておいては、真田め、どこまでつけあがるやも知れぬ。討て！」

命をくだした。

前年、秀吉と戦って痛撃をあたえ、

「さすがは徳川どのじゃ」

天下の評判を得ているだけに、家康も、

「わしが出て行くまでもあるまい」

大きいところを見せ、大久保忠世、鳥居元忠などに約一万の軍をあたえて上田へ進発せしめた。

このとき、幸村は春日山城から一度上田へ帰り、あらためて〔人質〕となって、上杉方の海津《かいづ》城へおもむいていたから、彼の戦歴にはなるまいが……。

とにかく、一万の徳川軍を迎えた真田勢は約三千。城へ攻めかける敵をさんざんになやませ、閏《うるう》八月二日の決戦になると、

「源三郎たのむぞよ」

昌幸の命をうけた信幸が手勢をひきいて城外へ打って出ると、猛烈果敢な奇襲をくり返したあげく、ころを見て引きあげ、たくみに敵軍を城門まで引きよせた。

このとき昌幸は、重臣の矢沢但馬守《やざわたじまのかみ》と城内で碁をうっていたそうだが、

「ちょとやるかの」

碁石を投げ捨てて槍《やり》をつかみ、粒ぞろいの手勢をひきいて城門から押し出した。

同時に、石垣《いしがき》の上へ仕かけておいた大木を切って落し、石垣へとりついていた徳川の兵があわてふためくところへ鉄砲の一斉《いっせい》射撃をあびせる。

こちらで火をつけた城下町のせまい道や坂にひしめく敵を、おもう存分に引っ搔《か》きまわし、思う存分に打ち破った。

さんざんな敗北である。

逃げに逃げる徳川軍は神川《かんがわ》をわたるときに、またも真田軍の追撃にあって多大の損害をこうむった。

とにかく天下一の強兵とうたわれた徳川軍の完全な敗北であり、この戦さで真田の武名は、大げさにいうと、

「天下にとどろきわたった」

のである。

以来、徳川軍はどうも真田軍に対して、劣等意識をぬぐいきれなくなったようだ。

これより十五年後の慶長五年、あの関ガ原の決戦がおこなわれたとき、真田昌幸は幸村と共に西軍へ与《くみ》し、ふたたび上田城へ、徳川の大軍を迎えることになる。

五

上田城攻防戦以来、どうも真田昌幸と徳川家康とは肌《はだ》が合わなくなったようである。

ことに、両者の間に入り、

「仲ようせよ」

といってくれた豊臣秀吉の、あの人なつかしげな魅力には、昌幸も大いにひきこまれたらしい。

あれほどに執着をした沼田城も、秀吉の口ぞえがあったので、泪《なみだ》をのんで北条氏へゆずりわたした。

昌幸といえども、秀吉と家康によって、天下がととのえられてゆくことを察知せざるを得ない。

家康と仲直りをした秀吉は、破竹の勢いで天下統一に拍車をかけはじめた。

翌年の夏。

上杉景勝が京都へ出かけた留守に、

「源二郎よ、帰ってこい」

昌幸は、ひそかに春日山城へ使いをやり、人質になっていた幸村を呼び返してしまった。幸村は当時、海津城（いまの松代《まつしろ》）から春日山へ移っていたらしい。

「すまぬが、今度は秀吉公のもとへ行ってくれぬか」

と、またも〔人質〕である。

幸村は、すぐに上田を発《た》ち、上洛《じょうらく》した。

京都の聚楽第《じゅらくだい》や大坂城に、豊臣秀吉の近習《きんじゅ》としてつかえた幸村が、

「妻をむかえよ」

秀吉の口ききで、大谷吉継《おおたによしつぐ》（越前《えちぜん》・敦賀《つるが》城主）のむすめと婚約したのも、このころであったろう。

当時の、秀吉と幸村との交渉をものがたる挿話《そうわ》も史料も、ほとんどないといってよいが、上杉景勝のような気むずかしい大名に〔ひと目ぼれ〕させた幸村のことであるから、太閤《たいこう》秀吉も、この温和でいて威厳のそなわっている若者を愛したにちがいあるまい。

とにかく、秀吉は真田家には好意的で、小田原攻めによって北条氏をほろぼしたのちは、

「ほれ、沼田を返してやるぞよ」

五年前に、北条氏へゆずらせた沼田城のことを忘れずに、真田昌幸へ返してくれた。

秀吉の、こういうところの呼吸は、まさに絶品であって、戦争にかけては予断をゆるさぬ謀略家であった昌幸も、ころりとまいってしまった。

自分が心から敬愛の念をささげていた武田信玄。その家を攻めほろぼした徳川家康へのぬぐいきれぬ嫌悪《けんお》感を抱いている昌幸だけに、なおさら秀吉への接近はいちじる

しいものとなるばかりであった。

　愛子の幸村が、親の手もとをはなれ、秀吉につかえて気に入られているのを見れば、若きころの自分が信州をはなれ、武田信玄のもとにつかえていたことを、昌幸はおもい起こしたことであろう。

　これに反して、長男の信幸は、徳川家康に接近した。

　家康の臣の中でも、

「家康にすぎたるもの」

と、世にうたわれた本多忠勝の女《むすめ》・小松と、信幸は結婚をした。むろん、家康の口ききで、小松は家康の養女として信幸に嫁いだのである。

　そして……。

天下統一をなしとげた豊臣秀吉は、八年後に死去した。

のこされた後つぎの秀頼は、このとき六歳。

豊臣家の主《あるじ》となって天下をおさめるには、あまりにも幼なすぎた。

ことに、故秀吉がもっとも信頼していた大老の一人、前田利家が秀吉のあとを追うように病死をしてからは、

(天下は徳川のものだ)

という世上のささやきを、だれも押しとどめることはできなくなった。

政治の混乱、複雑な陰謀の反復の中で、徳川家康の威望は日ごとにかがやきを加え、家康もまた、

「われのほかに天下をととのえるものなし」

の自信にみちみちてきている。

(いまこそ!)

と、家康は決意をした。

会津の領国へ帰った上杉景勝は五大老の一人だが、これへ「上洛せよ」の命を発し、景勝がこばむや、断乎《だんこ》としたさまを見せて伏見を発し、江戸へ向い、上杉討伐の軍をおこしたのである。

このすきに、豊家五奉行の一人・石田三成を主軸とする豊臣派の西軍が旗上げをし、大坂、伏見を手中にして、家康の東軍へ決戦をいどんだ。

西軍挙兵の報が真田父子の耳へとどいたのは、慶長五年(一六〇〇)七月二十一日であった。

このとき、真田父子は、東軍の先鋒《せんぽう》として上杉攻めに加わり、下野《しもつけ》の犬伏《いぬぶし》(現・栃木県佐野市)へ到着していた。

この真田の陣所へ、石田三成の密使が、三成の手紙をもたらしたのである。

三成の書状、次のごとし。

「至急に申しあぐる。このたび徳川家康は太閤在世中の誓いを忘れ、秀頼様を見捨てて上杉討伐に出かけたので、銘々相談の上、家康を討つことになった。家康が故太閤との誓いにそむいた事項は別紙にしたためておいたので、よくごらんの上、われらの行動に道理ありとおもわれ、かつ又、太閤さまの御恩を忘れざるにおいては、どうか西軍にちからをかし、秀頼さまに忠節をつくしていただきたい」

昌幸は、これをよむと、ただちに、

「このような大事、自分に隠《かく》しておき、いまこのときになって味方せよとはけしからぬではないか」

と、手紙に怒りをこめ、使者にもたせて帰した。三成はこれに対し、誠実に弁明したばかりでなく、宇喜多秀家《うきたひでいえ》、毛利輝元《もうりてるもと》の二大老のほか、長束正家《なつかまさいえ》、増田長盛《ましたながもり》、前田《まえだ》玄以《げんい》などの奉行たちへも、

「それぞれに、真田へ親書を送っていただきたい」

と、たのんでいる。

西軍が、真田の去就をいかに重視していたかが知れよう。

一度は三成へ怒りを抱いたが、昌幸の心はすぐに決まった。

で、信幸・幸村の二子をよびよせ、密議に入ると、幸村は、

「父上のおこころのままに」

と、いう。

信幸は熱誠をこめて、

「西軍へ与《くみ》するは敗北をつかむも同然でござる」

平常は冷静沈着なこの長男が、興奮をかくそうともせず説得するさまを見て、昌幸は苦々しかった。

(源三郎は、これほどまでに家康から籠絡《ろうらく》されていたのか……)

である。

昌幸もかなり激していたらしい。

後年、真田家の臣・河原綱徳《つなのり》が筆記したものによると……。

密議の席へ、重臣の河原綱家が心配のあまり顔を出すや、

「だれも入って来るなと申した筈《はず》じゃ。何ゆえ、ことわりもなく入った!」

昌幸がいきなり、

「……めされたる御下駄《げた》を投げつけたまいけるが綱家の前歯にあたり、それより前歯欠《か》けてありしとなり」

とある。

こうして、ついに昌幸・幸村は西軍へ、信幸は東軍へ与することになり、犬伏の陣所において訣別《けつべつ》となった。

どちらが勝っても負けても、真田の家名がのこるように、合意の上で別れたという説もあるが、〔河原綱徳記〕をよむと、いかにも情景ほうふつとして、あくまでも双方の説が喰《く》いちがっていたことがわかる。

かくて、昌幸・幸村の父子は夜明けを待たずに手兵をひきいて犬伏を発し、赤城山《あかぎさん》麓《ろく》を沼田へ入った。

沼田には、分家・信幸の居城がある。

「敵味方となったからは、兄の城下をも焼きはらうこともあろう」

と、幸村はすでに木村土佐守をして沼田へ先発せしめている。

昌幸は、

「孫（信幸の子）に逢《あ》いたい」

と、城門へ向ったが、信幸の妻・小松が長刀《なぎなた》をかいこみ、武装の家来、侍女たちをしたがえて櫓《やぐら》へあらわれ、

「われも女なれど信幸が妻、家康公の養女なり。当城において手ささん者おぼえなし、一人も洩《も》らさず討ってとれ」

と下知し、開門をこばんだ。

「信幸にはすぎたる嫁じゃわえ」

昌幸も苦笑し、城下の正覚寺で休息していると、石庵《せきあん》という者がやって来て、

「信幸公は、いかがなされまいたか?」

問うと、幸村がすぐに、

「兄上は浮木に乗って、風が吹くのを待っている」

こたえたという。

このとき、幸村が強く、

「沼田を焼きはらうべし」

と、主張したのは事実であろう。しかし、昌幸はこれをとどめた。

上田へ帰った真田父子は、ただちに籠城の準備をはじめたし、徳川家康は、いったん江戸へ引き返してから三万二千余の軍を発し、東海道を上ることになった。

これとは別に、徳川秀忠も三万の軍をひきい、中山道《なかせんどう》を西上することになったが、この行手をはばむものは、いうまでもなく上田城の真田父子である。

秀忠軍は、九月一日に軽井沢へ到着し、

「すみやかに開城せよ」

と、上田へ使者を送った。この使者が真田信幸と本多忠政である。忠政は信幸の妻の実兄だ。

二人の使者を、真田昌幸は上田城外の国分寺へ迎えた。

「信幸。おぬしが使者か。よろしい。城をあけわたし徳川に味方してもよい。ただし、三日ほど猶予《ゆうよ》ありたい。城の内外を清《きよ》めておきとうござるゆえな」

あっさりと、昌幸がいう。

「そりゃ、まことでござるか」

本多忠政は本気にして、すっかりよろこんだが、信幸には父の肚《はら》がわかっている。籠城の準備もあり、出来るだけ秀忠軍が戦場へ到着するのを遅《おく》らせようとしているのだと、わかっていても、まさかそばにいて「父の申すことはうそでござる」ともいえない。

城を掃除するから三日ほど待ってくれなどとは、昌幸も人を喰っている。

とにかく、三日のばされた。

ところが開城するどころか、幸村が武装の手勢をひきい、しきりに偵察《ていさつ》などにあらわれ、これ見よがしに秀忠軍の前面を往来する。

「おのれ！」

秀忠は激怒し、九月五日から上田攻撃を開始した。

「父上。三万もの東軍を二千五百の真田勢が引きつけ、戦場へ行くのを喰いとめるのですから……これで西軍が勝たなかったら、どうかしていますな」

と、幸村がいえば、

「そうとも。われらが勝つようにしてやっているのだ。それで駄目《だめ》なら、もう豊家もおしまいさ」

　昌幸が笑った。

　攻めて行くと逃げる。城近くまで追って行くと、いきなりどこからか幸村が強兵をひきいてあらわれ、

「それ、突きくずせ！」

　猛然と襲撃にかかる。

　何しろ、徳川軍は十八年前の上田攻めの惨敗イメージが強烈すぎて、

「城へ近づいたら、どんな落し穴が待ちかまえているか知れたものではないぞ」

　びくびくしながら攻めるのだから、その裏をかき、馴《な》れ切った地形を利用して奇襲する幸村の駆けひきには、さんざんになやまされた。

　開戦三日目になると、本多正信が秀忠に「小諸《こもろ》まで引きあげさせたまえ」と、進言をした。ようやく昌幸の心底を見ぬいたのだ。いやいやながら秀忠が引きあげると、江戸から父・家康の本陣が出発したことを知らせに使者が馳《は》せつけて来た。

「父上におくれてはならぬ」

　秀忠も青くなり、あわてて木曾路へ向った。

　けれども、三万の秀忠軍は数日のちがいで関ガ原の決戦の日に間にあわなかった。秀忠軍が上田へのぞまず、中山道を直進していたら、完全に間にあっていたろう。

「父上。もはやこれまで。われらのつとめは、どうやら終りましたな」

「いかにも。あとは、みなで、うまくやってくれることじゃ」

父子して碁石をならべはじめた。

二千余の兵で、東軍の充満する街道を戦場へ駆けつけるようなばかなまねは出来ない。

しかし、せっかく真田父子が三万の大軍を減《へ》らしてくれたのに、西軍は勝てなかった。小早川秀秋その他の部隊が西軍を裏切り家康のもとへ尾をふって行ったことなど、昌幸にいわせれば、まったく敗戦の理由にはならないのである。

西軍敗北の報を耳にしたとき、

「あやつどもは戦場で居眠りをしていたのか……」

真田昌幸は、あきれはて、吐き捨てるようにいった。

だが、この二度目の上田攻めで、徳川軍は真田父子の、ことに三十四歳の武将に成長した幸村の活躍を、いやでも認識せざるを得なかった。

六

西軍の敗北によって、真田父子も降伏せざるを得なくなり、上田城は東軍に管理さ

れた。昌幸も幸村も、家康からの切腹命令を待っていたが、長男・信幸の助命嘆願が成功し、

「憎い真田父子の首を見ぬことは残念である。豆州《ずしゅう》（信幸）の命乞《いのちご》いを容《い》れた自分が、ふしぎでならぬ」

いいつつ、徳川家康は複雑な苦笑をうかべた。

これは、信幸への信頼も大きかったのであろうが、信幸には妻の実父にあたる本多平八郎忠勝が、そばから口ぞえしてくれ、頑強《がんきょう》に真田父子の処刑を曲《ま》げぬ家康へ、

「それがしを敵にまわしてもでござるか！」

と、忠勝は大声にいい放った。

本多忠勝は、家康股肱《ここう》の臣の典型ともいうべき武将であって、これが、聟《むこ》の信幸を大の気に入りだということは家康も知っていたが、

（それほどまでに……）

さすがの家康もおどろき、ついに屈したという。

真田昌幸と幸村が、紀州・高野山蟄居《ちっきょ》の身となり、上田を発したのは、この年の十二月中旬である。父子に従うものは幸村夫人と三人の女子、侍女をふくめて婦人八名。それに池田綱重、原出羽守《はらでわのかみ》などの家臣十六名であった。

この真田一族を護送する徳川部隊は、依田信守がひきいる二百余名。信幸からさし

むけた沼田勢が百名ほどで、これは信幸の家臣・鈴木右近忠重がひきいている。

真田幸村は、その後、高野山・蓮華定院《れんげじよう》から山麓の九度山《くどやま》村へ移り、ここへ、ささやかな屋敷をかまえて住みくらした。女人禁制の高野山に妻や女子をおくこともならなかったのであろうか。

幸村が、長男の大助をもうけたのは、九度山へ来てからである。

「戦さに負けずして、このような敗残の身になろうとは、まるで白痴《こけ》になったようなものじゃ」

と、昌幸は口惜《くや》しがったが、

「なれど、上田が兄上のものとなったことは、よろしゅうございましたな」

と、幸村は父をなぐさめた。

信幸が、家康から上田と沼田を安堵《あんど》されたからである。

九度山へこもって十一年目の慶長十六年六月四日に、真田昌幸は六十五年の生涯《しようがい》を終えた。三年ほど前から、体の弱った昌幸は、蓮華定院を出て、幸村のもとへ来ていたのだ。

この間、父子の生活も楽ではなかったらしく、昌幸が、信幸や旧家臣にあてた手紙などに、それが察せられる。一時は、家康のゆるしが出て上田へ帰ることも夢見ていたらしい。

が、これは生活苦に弱音をあげたのではあるまい。

豊臣秀頼が大坂城にあるかぎり、天下の争乱はもう一度、かならずおこる。

（そのときこそは……）

の気持があったものであろう。

昌幸や幸村のような人物の手紙は、そのまま鵜《う》のみにはできない。底意をくみとるべきだ。

信幸は、父の死去に際し、葬儀をいとなみたいと申し出たが、家康はゆるさなかった。

幸村は、尚《なお》も九度山で暮しつづけたが、国もとの旧家臣や、兄・信幸との交渉もつづけられており、

「焼酎《しょうちゅう》を送っていただきたい」

とか、

「当地においても、歌などをよまれてはいかが、などとすすめてくれる人もいるが、いまさら老の学問で、出来ようはずもない」

などと、幸村は信幸の重臣たちに書き送ったり、金の無心をしたりしている。

これらの手紙を見ると、いかにも幸村が老人くさく、まったくの隠居ぐらしへ没入してしまったかのように見えるが……。

そのころは幸村も四十五、六歳になっており、老年について気もさしていたろうが、現代でも、この年齢の男は心にもなく、

「もうだめだ。すっかり老いぼれになってしまったよ」

などと、いって見たりするものである。

強気や虚勢も見せず、老いたといいつつも心身の昂揚《こうよう》をおこたらなかった幸村ではないのか。

心身の充実なくして、十五年もの隠居ぐらしに慣れてしまった中年男が、なんであのような〔死花〕を咲かすことができよう。

五十になって、幸村は〔死花〕の機会が来るとおもっていたろうか。

おもってもいたろうし、

「先々のことはわからぬ」

と、していたかも知れない。

慶長十九年――。

徳川家康は、大坂城にいる秀吉の遺子・秀頼を中心とする豊臣家の残存勢力を一掃し、徳川幕府の栄光を、

（わしが目のくろいうちに、たしかめておきたい）

七十余歳の老軀《ろうく》を駆って起《た》ちあがった。

九度山の真田幸村へ、

「大坂へ入城ありたい」

と、秀頼の懇請《こんせい》があり、幸村は即座に引きうけ、十月十日に大坂へ入城をした。

ひきつれた家来たちは百人内外と見てよい。

九度山は、紀伊の領主・浅野長晟《あさのながあきら》の監視をうけていたことでもあるし、幸村の脱出については、さまざまの説がある。

九度山から大坂までは約十六里ほどで、近距離なのは幸村にとって脱出有利であったろう。

豊臣家からは黄金二百枚が支度金としてわたされたというが、もちろん、金銀に心をうごかされたのではない。

かといって、かならず負けるつもりでもなかったろう。

(家康の首を、おれが討ってくれよう)

という闘志が、幸村のつつしみぶかい言動の底に、画然として横たわっていたにちがいない。

「ほかの味方は家康に負けても、おれは負けぬ!」

なのである。

ここに、幸村の父・昌幸ゆずりの武将の血が、はっきりと看取される。

兄・信幸は信幸で、関ガ原のときと同様に、いささかも徳川の勝利をうたがうことはなかったろう。

兄は、武将から政治家へ早くも転身しつつあり、戦争が、このときを最後にして平和をよぶことにひたと眼をこらしていた。

七

十一月も半ばになると、十万の西軍がこもる大坂城を、二十万の東軍が包囲した。

これより先、真田幸村は、しきりに、

「この城には後詰めがないゆえ、籠城などという姑息《こそく》の手段《てだて》によらず、勇敢に打って出て、自由自在に敵をおびやかすべきである」

いくつかの作戦を用意してすすめたが、結局は採用にならない。これは西軍が、寄せあつめの浪士たちや、それぞれに一癖も二癖もある武将たちを抱えながら、これを統轄《とうかつ》すべき人物がいなかったからだ。その上、二十二歳の豊臣秀頼には、実母の淀君《よどぎみ》と、側近の大野治長《おおのはるなが》などがつきっきりで口をさしはさむ。

戦さにそなえ、幸村は城の南方、三の丸の惣堀《そうぼり》の外（平野口）の小丘に砦《とりで》を構築し、これを〔真田丸〕と名づけて手勢をしたがえ、たてこもることにした。戦闘というものは退いているばかりでは用をなさぬ。出撃するからこそ退却にも意義が生ずるので、出ては引き、引いては出る。そこに自在の駆けひきがうまれることは、父と共に上田城へこもり、徳川の大軍を相手にしたとき、幸村はその効果を身をもって会得《えとく》している。

この真田丸をきずくときも「真田は一族が多く東軍に与《くみ》しているから、いつ寝返るやも知れぬ」と、うわさもされていたし〔後藤合戦記〕には、大野治長が後藤又兵衛に、

「真田が城の外へ出丸をきずいたというが、あの人物を外へ出してはあぶなくないだろうか。敵へ内通するおそれがある」

などといい出し、又兵衛が激怒して大野を叱《しか》りつけたことが記してある。

幸村としては、自分の純白な闘志が、このように傷つけられようとは、いささか意外であったろう。

しかし、彼は黙々として戦いはじめた。

そのうちには、毛利勝永など、幸村に心をよせる武将も出てきたし、

「大御所（家康）は、京を発し、奈良へ向うとの知らせを間者がもたらしました。このさい思いきって奈良へ出撃し、四方より火をかけて急襲すべしと存ずる。地理にくらい関東勢は必ず不意をうたれて動揺いたそう。その機をつかんで大御所の首を討つ

べし」

幸村の、こうした積極的な作戦に賛成するものもいたが、結局は大野その他の側近派によって採りあげにならぬ。

「この戦さに勝つ道は、どのような無理をしても大御所の首を討つことのみじゃ」

と、幸村は決意をしていた。

まともに戦って勝てる筈《はず》はない。

となれば、敵の総大将の首をとるための戦さでなくてはならぬ。奇襲作戦をおそれていたのでは、

「負くるを待つようなものじゃ」

幸村にしてみれば、

（なんのために戦さをしたのか、わからぬではないか）

ということであった。

〔徳川実紀〕によれば、このとき幸村は、策を容《い》れられず、ついに独断で、奈良へ向う家康の行列へ手兵を送って襲わしめたらしい。

このとき徳川家康は本多正純ほか五十騎そこその供まわりで、急ぎ奈良へ向ったというから、絶好のチャンスであったわけだ。もしも幸村自身が出ていたら家康もあぶなかったろうが、秀頼のゆるしが出ぬ出撃であるから、

「自分が城を留守にしてはいけない」

と、幸村は思い、わずかの兵をさしむけたのだろう。

木津をすぎるころ、真田の伏兵に襲われ、鉄砲を打ちかけられた家康の一行は必死に切りぬけ、奈良へ逃げこんだとある。

作戦会議がひらかれるたびに、幸村は効果的な出撃を進言したが、いつもだめになる。幸村は、心中くさりきっていたことであろう。

さて、戦闘がはじまると〔真田丸〕へ攻めかける敵勢を幸村は一手にひきつけ、さんざんに撃ちなやました。

ことにひどい目にあったのは加賀の前田利常の部隊で、越前の松平忠直部隊と共に、真田丸へ攻めかけるたびに、居ると思ったところから、すばやく兵を引きあげた真田隊に、

「そんなところにはだれもおらぬ。鳥かけものでも狩っているのか」

と、真田丸から皮肉をあびせられ、

「おのれ！」

激怒のあまり、夢中になって真田丸へ攻めかかると、鉄砲、火薬を利用した反撃にあって、さんざんにやっつけられる。攻めかけるたびに死傷者の数も非常なものとなり、本陣の家康も苦い顔をしつづけていたという。

さすがに、こうなると敵味方の間に、真田幸村の智勇《ちゆう》はとどろきわたり、

「自分は左衛門佐《さえもんのすけ》殿の勢《ぜい》へ加わる」

浪人部隊の中にすすんで真田隊へ参加する者がふえてきた。

かくて、徳川家康は大坂城へ指ひとつふれぬまま、講和《こうわ》の策へ切りかえたのである。

幸村は、もちろん講和に反対であったが、このときもとりあげられず、ついに講和がむすばれた。

「それならば、いったん休戦をしておき、大御所がひきあげた後に、すばやく起《た》って大和へ進み、さらに名古屋のあたりまで手中につかんでしまえばよろしい」

幸村の大胆な意見を実行にうつす勇気は、秀頼にも側近派にもない。

家康は巧妙に辞をかまえ、たちまちに大坂城の濠《ほり》が埋めたてられ、真田丸も打ちこわされてしまった。

年があけて、休戦中の幸村は、国もとにいる姉（真田信幸の臣・小山田茂誠夫人）へ手紙を書き送っている。

「……このたびの戦さで、私が西軍に与したことを姉上は奇怪《きっかい》なことと思われましょう。しかし、休戦となり、お目にかかっていろいろとお話し申しあげたいが、そうもまいらず、明日のことはどうなるやらはかり知れませぬが、いまのところはぶじにくらしております」

休戦中に「信濃一国をあたえるから、こちらへこないか」と家康からのさそいがあったけれども、幸村は一言のもとにはねつけている。

八

翌元和《げんな》元年五月。

東西の講和はやぶれ、家康はふたたび軍を発して大坂へ向った。すなわち夏の陣だ。

城の濠を埋めたてられて防備を破壊されただけの講和ではないか。

「なんのために講和し、また何のために、ふたたび戦わんとするのか」

真田幸村にしてみれば、城方のすることなすことはまるで〔茶番喜劇〕にしか思えなかったろう。そのようなばかばかしいことを、指をくわえて見ていなくてはならぬ自分のあわれさ。

いや、指をくわえていたのではない。事あるごとに幸村は意見をのべた。何度とりあげられなくとも、屈せずに、ねばりづよく、例の温和な態度で〔内部の敵〕と闘った。

再戦ときまったとき、

「東軍が西上する前に、疾風のごとく伏見の城を襲い、秀頼公を伏見にお迎えしたほうがよろしい。濠を埋めたてられたこの城にこもるよりも、まだ勝つ見込みも出てこようかと存ずる。伏見へ入って京を手におさめる。たとえ負けたとしても、このほうが本懐ではないか」

まことに幸村らしい、痛快にして豪快な策を申したてたが、大野治長も淀君もあきれはてたような眼《め》つきで幸村を見つめるだけだ。淀君は、しばしば作戦の席上へあらわれ、口をさしはさむ。

「こうなれば、もはや、われらの手のみにて戦うより道はなくなった」

幸村も、ついにあきらめ、最後の決戦を待つことになった。

今度の戦争は早かった。

濠もない城に入っていては、たちまちに攻めこまれる。

仕方なく出撃作戦となった。

することなすことが一歩どころか百歩も千歩もおくれているのだ。

五月六日には——。

後藤又兵衛、薄田兼相《すすきだかねすけ》、木《き》村重成《むらしげなり》などの勇将が戦死した。勇将がいても作戦の統一がないから、犬死をするだけである。

翌七日の決戦にそなえた前夜に、幸村は自分の兵にむかい、

「われらは、父・昌幸の遺志をまもり大坂へ入城したが、もはやこれまで。おのおの

が二心なくはたらいてくれたことに対しては謝する言葉もない。おのおのは妻子もある身ゆえ、いまから陣を脱し故郷へ帰ってもらいたい。自分は秀頼公のたのみをうけて入城したのだから武門の義理、死を覚悟している」

いいわたしたが、陣を脱するものは、ほとんどなかったといわれる。

七日の朝がきた。

大野治長が城を出て、茶臼山《ちゃうす》の真田陣所へあらわれ、幸村と作戦の打ち合わせをおこなった。幸村は、

「天王寺一帯が決戦の地となりましょう。かくなっては思いまようことなく、城兵は一丸となって打って出で《い》、敵軍のすべてをここへ引きつけ死力をつくして戦うよりほかに道はありませぬ。むろん、秀頼公みずからも戦場へのぞんでいただかねば我軍の士気にもかかわります」

「こころえた」

「こうして両軍の戦闘激烈となったとき、船場《せんば》口におります明石《あかし》全登《ぜんとう》殿の部隊を迂回《うかい》せしめ、敵軍のうしろから切りこませます。このことがうまくゆけば、左衛門佐も存分のはたらきをして見せましょう」

「よろしい。おことの申さるるごとくにはからおう」

大野も、そのつもりだったらしいが、いざ戦いがはじまると秀頼も出て来ないし、

明石部隊の奇襲もない始末であった。

戦闘は正午をすぎたころにはじまった。

真田隊を中心とする天王寺・茶臼山の西軍に向って、東軍の先鋒《せんぽう》本多部隊が先《ま》ず毛利勝永へ迫った。

「まだ早い。発砲するな。ひきつけよ、ひきつけよ」

と、勝永は制止したが、兵は敵の銃撃に応じて発砲し、血相を変えて突撃し出した。

ついに戦端がひらかれた。

これは、幸村にとって予想外の早さで戦闘がはじまったことになる。

すべてが、

「わしの手足になってくれない」

のである。

幸村は我子の大助幸昌をよび、

「これより城中へ帰り、秀頼様おそばにつきそい、秀頼様の御様子次第、いかようにもなすがよい」

しきりに父と共に討死をねがう大助を、むりやりに城中へ帰した。

このとき、真田隊にいた稲垣与衛門《いながきよえもん》が後に語ったところによると、

「……大助殿は断じて城へは帰らぬといいつのり、父君の申しようをききいれなかっ

たが、そのうちに、幸村公が大助殿の肩を抱くようにして何事かささやくと、ようやくにうなずき、何度も父君を振り返って見ながら、城内へ去った」

そうである。

戦闘たけなわとなった。

東軍の松平隊が勇戦奮闘し、錐《きり》をもみこむように西軍を掻《か》きわけ、真田隊へ肉迫してくる。

「それ!」

この日の幸村は、緋縅《ひおどし》の鎧《よろい》、白熊《はぐま》付の鹿《しか》の抱え角を前立《まえだて》にうった兜《かぶと》という軍装で、河原毛《かわらげ》の愛馬にまたがり、十文字の槍《やり》をひっさげて先頭に立ち、松平、伊達《だて》などの東軍へ突入した。

すさまじい混戦となる。

このとき、浅野長晟(東軍)が大坂方へ寝返ったという叫びが、諸方にわきおこった。

これは幸村が最後の奇策であって、戦闘の混乱を利用して、部下の兵に〔流言〕を飛ばさせたのである。

「浅野殿、裏切り!」

の叫びをきいて、奮戦していた松平隊があわてはじめたこの間隙《かんげき》をのがさず、

「いまこそ、最後のときじゃ」

幸村は一隊をひきいて、家康の本陣を目ざし、旋風のように襲いかかった。

魔神のような、この攻撃のおそろしさは——たちまちに本陣の旗下が突きくずされ、さすがの徳川家康も、

「もういかぬか……」

自決の覚悟をきめざるを得なかったと、いわれたほどのものであった。

黄一色にけむる戦塵《せんじん》の中で、幸村は槍をふるい、力のかぎり、闘いぬいた。

家康が死地を脱し、手輿《てごし》にしがみついて玉造《たまつくり》の方向へ逃げたのち、幸村の力はつきた。

〔薩藩旧記《さつぱんきゆうき》〕の、

「大御所様御陣へ、真田左衛門佐仕《し》かかり候《そうらい》て、御陣衆（旗下）追いちらし、討ちとり申し候。御陣衆三里ほどずつ逃げ候衆は、生きのこられ候。三度目に、真田も討死して候。真田日本一の兵、いにしえよりの物語にもこれなきよし……」

とあるが、他の戦記、史料すべて、幸村の智勇をみとめぬものはない。

傷つき疲れはてた真田幸村は、安居天神のあたり（境内ともいう）で、ついに越前部隊の西尾某に首をとられた。

ときに幸村は四十九歳であった。

大助幸昌も、秀頼と共に大坂城内で自決をした。これは十六歳だったといわれている。

幸村の妻も、のちにとらえられたが生死不明。むすめ三人はそれぞれに嫁いでしあわせにくらしたらしい。

（「歴史読本」昭和四十二年一月号）

決闘高田の馬場

一

「とッつぁな。何よ見てるだい？」

「うむ――あれよ。山径《やまみち》をこっちへ下ってくる二人の浪人者よ。さっき六地蔵の前で、おら達が追い越すときに、一寸顔《ちよつと》を見たが、何だか物騒な眼《め》つきをしていたでなァ」

　箱根山中の、街道からはずれた山径がうねりながら須雲《すくも》川の渓流《けいりゆう》へ下ったところにある丸木橋の上で、若いのと老いたのと、木樵《きこり》が二人、橋を渡りかけた足を止めて、ささやき合っている。

「徳川様が天下をとってから、もう七十何年とかになるそうだがよ。戦さがなくって
おら達は大助かりだが――」

　と老いた木樵は溜息《ためいき》をもらして、

「食いっぱぐれた浪人衆がふえて困るのう」

　若い方は橋の上を歩みだしながら、

「全くな。上の街道の雲助ン中にも二人や三人は交じっていて悪いことをしくさるそうだ。関所のお役人方も手をやいてるとよ」

「あ、やって来た。さ、行くべえよ行くべえよ」

二人の木樵は丸木橋をわたると、渓流沿いの小径へ下り、森の中へ姿を消した。

元禄《げんろく》二年の夏の或《あ》る朝のことで、強い陽《ひ》が谷間へ射《さ》しこみ、眉《まゆ》に迫る山肌《やまはだ》は、むせ返るような緑に包まれ、山鳥や瑠璃《るり》鳥《ちょう》、蟬《せみ》の声が、岩を洗う渓流の音と共に、あたりを満たしている。

まもなく、底倉《そこくら》や堂ケ島などの湯場へ通じている山径から、この谷間へ下ってきた二人の浪人者があった。一人は六尺に近い大男で、油気のない総髪の下の鋭い眼と大きな鉤鼻《かぎばな》が、異様な風貌《ふうぼう》をつくりだしている。

この男よりは、ぐっと歳《とし》も下らしく、まだ前髪がとれたばかりだといってもよいほど、少年の面影《おもかげ》すら若々しい頰《ほお》や唇元《くちもと》に残っている、もう一人の浪人は、

「おい、中山。この辺で一休みするぞ」

と、鉤鼻にいわれ、

「うン」

不愛想な返事をして岩と岩の間の窪地《くぼち》へおり、担《かつ》いでいた槍《やり》を岩に立てかけ、腰をおろした。

「こいつ。うンとは何だ、そんな返事をする奴《やつ》があるかッ。これ、いいか。縁あって浪々の旅先ながら、師弟の契《ちぎ》りを結んだ俺《おれ》とお前だぞ。言葉づかいに気をつけろ――。

いいか、中山安兵衛《なかやまやすべえ》。この中津川祐範《なかつがわゆうはん》はな、一筋縄《ひとすじなわ》ではいかぬ男なのだぞ。諸国を遍歴して腕を磨《みが》き、これから三度目の江戸入りだ。今度こそ俺はうまくやる。まず、江戸で道場を開き、武名をとどろかすと共にだな、諸大名にも取り入って、必ず立身出世をして見せてくれる。お前も今は俺の槍持ちだが、そうなれば何とか目をかけ一人前の侍にしたててやるからな」

中津川祐範は、こういい放って、喉《のど》をならし腰の瓢《ひさご》をとって、飲みはじめた。

酒の匂《にお》いが、あたりに漂った。

つまらなそうな顔をして草の上に坐《すわ》り、汗を拭《ぬぐ》っていた中山安兵衛はピクリと首を上げ、

「や――先生。酒の匂いがしますね」

祐範はニヤリとして瓢を見せびらかし、

「うふン。昨夜泊った底倉の旅籠《はたご》でな、食い物が腐っていると難癖を吹っかけ、宿賃を踏み倒したことは、お前も知っとるな？」

「はあ――」

「その上に今朝宿を出るとき、番頭に命じて、この中へ酒を詰めさせたのだ」

麻の着物から見える祐範の胸毛に、瓢の口からこぼれた酒が糸を引いている。それを見ると、安兵衛はたまらなくなり、舌なめずりをしながら擦り寄って、

「先生ッ。おれにも下さらんか」

「何だ、手など出しおって不作法な——待てい。今やる。今やる」

祐範は鉤鼻をヒクヒクさせ、また瓢に口をあてた。

見るからに卑《いや》しい浪人者だが、この男の腕前が相当なものだということは、安兵衛もよく知っている。

故郷の越後《えちご》をとびだして放浪生活をはじめてから、もう一年ほどになるのだが、この祐範と知り合ったのは二カ月ほど前のことだ。

東海道の鳴海《なるみ》の宿外《しゅくはず》れで、あまりの空腹に耐えかねた安兵衛は、はじめて茶店で無銭飲食をやった。

(渇《かっ》しても盗泉の水を飲まず)

と心に誓って、故郷を出奔した安兵衛だったが、二十歳の若い肉体は路傍の飢死を承知しなかったのである。

理非を考えるいとまもなく、物に憑《つ》かれたように茶店の飯を食べ終ったあと、亭主に責められてどうにもならなくなり腕力にまかせて逃げようとした彼の前に、同じ茶店で酒を飲んでいた祐範が銭を投げてよこしたのだ。

「まあ、俺の槍持ちをしていろ。そのうちには面白いこともあるさ」

そういわれて、中山安兵衛は中津川祐範の弟子になったわけだが——道中を急ぐでもなし、道場破りや喧嘩《けんか》の仲裁をやっては路用の金を得る祐範の才能には安兵衛も舌を巻かざるを得なかった。

腕も強く、吉田の城下でもその人ありと知られた新陰流《しんかげりゅう》の神並宗兵衛《かみなみそうべえ》の道場破りをやったとき、息もつかせず、またたく間に七人の門弟と主《あるじ》の宗兵衛までも突き倒した祐範の槍の手練は尋常ではない。

「先生ほどの武芸者が、どうして仕官できないのかナ」

安兵衛が不審そうに問うと、祐範は苦々しく笑って、

「どこの大名も俺の腕を買わぬのは、世の中に戦さがなくなったからだ。武道は侍の表芸、そいつを忘れるようになっては世も末だよ」

と、眼を光らせ、吐き捨てるようにいったものだ。

祐範も、巷《ちまた》にあふれ出た浪人の群の中から、よい就職口を見つけて浮びあがろうとしている一人なのだが、今までに散々苦い目にあって来ているらしい。

祐範は、安兵衛にも、決して己れの過去を話そうとはしなかった。

衣服もこざっぱりとしているし、肌身《はだみ》にはいつも三十両ほどの金を離したことのない祐範だが、そのくせ、宿賃の踏倒しなどは朝飯前にやってのける。

「ひとかどの武芸者が、そんなことをしていいのかしらな」

と、安兵衛は嘆じたが、

「馬鹿《ばか》。だからお前は田舎者だというんだ。この天下泰平の世の中に、そんな生ッちろい考え方では駄目《だめ》だ。泥水《どろみず》を平気で飲み、他人を押し退《の》けても己れが出てゆかぬようでは、到底、出世の蔓《つる》はつかめんのだ。それが証拠に、みろよ安兵衛。お前も俺に拾われてから、たまには酒にもありつけるし、女の味もはじめて知ったではないか」

そういわれてみると、成程、傲然《ごうぜん》と肩をそびやかして安兵衛を顎《あご》で使いまわし、下僕同様の扱いをする祐範にくっついていれば、たまには宿場女郎も抱かせてくれる。

「いかん。俺は、こんなことをするつもりで故郷をとびだしたんじゃない。もっと文武の道を磨き、立派な武士にならねばいかん」

と、一人で反省もし、力み返ってもみるのだが、若い安兵衛にとって官能の魔力は抗し難い。

「俺にも、とうとう、浪人の垢《あか》がくっついてしまった」

思わず洩《も》らす安兵衛の溜息に、祐範は、

「ふふン。垢をつけねば垢だらけの世の中が渡れぬわ」

といい切ったこともあった。

昨夜、底倉の旅籠でやった宿賃の踏倒しも、安兵衛にとっては何度目かの経験になってしまったし、強請《ゆすり》とった瓢の酒を飲む口も痺《しび》れてしまいかけている。

二人で酒を飲みつくした後、今日中には大磯《おおいそ》まで足を伸ばそうといいながら、丸木

橋を渡りかけた中津川祐範が、ふと先刻通ってきた山径を振り向いて見てゴクリと唾《つば》をのみこみ、

「おい中山——あの木の間がくれに、こっちへ下ってくる、あれは昨夜、底倉の宿にいた旅の女ではないか？」

「はあ——もう一人は、宿の女中です」

「やるか——」と、祐範は不気味に呟《つぶや》き、あたりをうかがった。

樹々《きぎ》の緑と、蟬や小鳥の声と、渓流の音《ね》と——あとは人気もない山径に、ようやく高くなった陽射しが、樹間を縫って白く光っているだけである。

「やる？——何をやるんです？　先生」

「知れたことだ」

祐範は、何か、あわただしく安兵衛にささやき、ニタリと笑った。

「い、いかん、そりゃ、いかん。困ります」

「大声をあげるな、こら——お前は宿の女中にしろ。俺には歯応《はごた》えがないがお前には手頃《てごろ》だ。俺は旅の女を」

「いかん。それはいけません」

道案内について来たらしい宿の少女が、何か旅の女に話しかけているのが樹の間を通してハッキリと見える。

山径を、もう一巻き下れば、目の前に現われる二人の女を、祐範は手籠《てご》めにしようというのである。

「来い。いいから来いッ」

有無をいわせず、祐範は安兵衛の腕をとって岩蔭《いわかげ》に身を潜めた。

二

旅の女には、旅のやつれと、何か急激に彼女を襲った絶望とが深く漂っていた。

丸木橋へかかって、道案内の女中が、

「お客さん、くたびれたのかね？――この橋を渡って一町も行けば、街道へ出られますよう」

と声をかけたのにも、青味がかるほどに白い顔に硬《こわ》ばった笑いを浮かべて、うなずいただけである。歳も二十前後のようだ。

祐範が岩の蔭から突然、躍りだして立ち塞《ふさ》がった。

女二人は息をのんだが、

「な、なんだい？　お前さんは――」

勝気らしい濃い眉をあげて、旅の女は叫んだ。

「ふむ。何でもない。なあ、女、一寸、遊んでくれぬか」

祐範が低い声と共に、ぬーッと手を差し伸べたとき、熟しきらぬ果実のような宿の女中のほうが、

「きゃーッ」と悲鳴をあげた。

「中山ッ。ぐずぐずするなッ」

祐範に怒鳴られて、安兵衛も夢中になり、山径へとびだして少女の後から体を抱きすくめ、その口を押えた。

旅の女が呻《うめ》いた。祐範に当身をくらったらしい。

「中山ッ。早くせんかッ」

早くも祐範は旅の女を抱きあげ、窪地から森の中へ消えていった。

もがきながら安兵衛の指に嚙《か》みついたり、すっくりと伸びた脚を股《もも》のあたりまではだけて逃げようとする女中と争っているうちに、安兵衛の血管もふくれ上り、欲情をむき出しにして、全身の力を両腕にかけ、女中を引きずるようにして森蔭へ連れこんだ。

やや離れた樹間に、横たわった旅の女と、その体に覆《おお》いかぶさろうとしている祐範の様子が、安兵衛にも見える。

降るような蟬時雨《せみしぐれ》だった。

ふと気がつくと、宿の女中は、ぐったりと安兵衛の腕にもたれかかっている。

「あ——」

思わず腕を放すと、少女は草の中へ倒れこんだまま、眼を閉じている。

驚愕《きょうがく》のあまり、失神したらしい。

安兵衛は、両刀を腰から外して草の上に置き、かがみこんで、荒い呼吸をつづけながら、少女の顔を見て、ハッとなった。

無心に、まるで眠るように横たわっている少女の顔は、どう見ても十六か七である。あどけないほどに可愛《かわい》らしく、そして——。

(故郷へ残してきた妹に、そ、そっくりだ)

と、安兵衛は思った。

その瞬間に、冷水を浴びせられたようになり、

「い、いかん。おれが国を出てきたのは、こんな——こんなことをするためじゃないッ」

安兵衛は思わず叫び、棒のように突っ立ち上った。

安兵衛は、今やまさに、旅の女を辱《はず》かしめようとしている中津川祐範の後からとびかかった。不意をつかれて祐範は突きとばされ、

「き、貴様ッ。何をするかッ」

「俺は、けだものじゃないッ。たった今から師弟の縁を切る」

「馬鹿ッ——こいつ、何を血迷ったのだッ」

「血迷ったのはそっちだ、そっちだッ」

「何をこいつ——ま、よい。おい中山。落ちつけ。こんなことはザラにあることだ。生娘《きむすめ》でもあるまいし——女なぞというものは、こうしたことをよろこぶものなんだ」

旅の女が喘《あえ》ぎながら身を起した。気がついたらしい。

「こら」

と、あわててのしかかろうとする祐範に安兵衛は必死で組みつき、

「いかん。やめなさいッ」

「くそッ。あくまで貴様、邪魔をする気かッ」

祐範は怒り、安兵衛の頭を撲《なぐ》りつけた。

幸いに、祐範の手には槍もなく、組打っているうちに、草へ置き捨てた両刀からも遠くなった。

組打ちなら、故郷にいる頃から安兵衛は得意だったし、得物《えもの》がないとなると、これは祐範にとって互角の相手だった。

罵《のの》しり合い喚《わめ》き合いながら、二人は、果てしもなく草の上を転げまわり、樹の幹と幹の間を縫いながら闘った。

どのくらい、時がすぎたことだろう。

撲り合い、蹴《け》とばし合いながら、二匹のけだものみたいに、森の中から、また渓流沿いの窪地へ転げ出たとき、安兵衛は祐範に馬乗りになられ、首を締められた。

「こ、こいつ。貴様ッ。死ねい」

「あああ――ううう……」

安兵衛の顔は赤くなり、また紫色に変じ、意識がなくなりかけた、そのときである。

「狼藉者《ろうぜきもの》ッ」

激しい叱咤《しった》の声が丸木橋の上で起り、祐範が、

「あッ」

と叫んで、安兵衛の体から飛び離れた。その祐範の左肩に手裏剣が突き刺さっている。

手裏剣を投げたのは旅の老武士であった。

供に若党を一人連れているが、その後にこのあたりの木樵の女房らしい女が、怖々《こわごわ》、顔を見せているのは、おそらく、この女房が山径を通りかかって、上の街道まで救いの手を求めに走ったものと思われる。

宿の女中も、もう息を吹きかえして、若党の傍《そば》から、こっちを睨《にら》んでいる。

祐範は、呻きながら、肩の手裏剣を抜き取り、

「やッ」

四間ほど離れた老武士の面《おもて》めがけて打ち返した。

その手裏剣は陽にキラリと光り、吸いこまれるように老武士が振りあげた手の塗笠《ぬりがさ》に刺さった。

「くそッ」

舌打ちを残し、中津川祐範は一散に森の中へ逃げこんでしまった。

安兵衛も、ふらつく足を踏みしめて逃げようとしたが、

「追討ち無用。しばらく待たれい」

凛然《りんぜん》たる老武士に声をかけられると、その声が腹の底までズンと響き、恥かしさに顔も上げられぬまま、へたへたとその場に坐りこんでしまったのだ。

喉が、ひりつくように乾いていた。だから、

「静かに飲まれよ」

と近寄ってきた老武士が竹の水筒を渡してくれたときには、もう恥も外聞もなく、その竹筒へ、むさぼるように唇《くちびる》をつけていたのである。

旅の女も、若党に助けられて森の中から現われて来た。

女は、お仙《せん》と名乗り、老武士に礼をのべ、安兵衛にも、

「あの――ご浪人さま。危いところを、有難う存じました」

「ゆ、許せ。許してくれッ」

穴があったら入りたい気持で、安兵衛は逃《のが》れようとしたが、

「待たれい」

と、老武士は、その腕をつかみ、女達に、

「そのほう達、後は引受けた。もう、行け」

といった。

お仙は足に怪我《けが》をしているらしく、女中と木樵の女房に助けられながら、山径をまた底倉の旅籠へ戻ることになった。

山径を曲るところで、もう一度、お仙は振り向き、そっと見上げている安兵衛に、淋《さび》しそうな微笑を送ってよこし、頭を下げた。

ハッと眼をそむけた安兵衛に、

「様子は、あらましわかった。まだ、お若いようだが――お名前は」

と老武士が訊《き》く。

「知らん。口が裂けても申さぬ」

「家名の恥だと申すのだな」

「知らん。知らんッ」

「では訊くまい」

老武士は穏やかにいって、懐中から、小判一両を出して懐紙に包み、

「けだものになりかけた間一髪、人間の立派さを取り戻したおぬしに、いささかながら御報謝する」

呆然《ぼうぜん》と見上げる安兵衛の手をとって金包みを握らせ、

「けだものと人間の境は紙一重じゃ。一度この世に生を受けたからには、いずれ死ぬ身じゃ。武士たるものは、けだものに成り下って死にたくないの」

老武士は風采《ふうさい》も立派だし、品格もあり、また毅然《きぜん》たる風貌の中にも暖かい心情が滲《にじ》み出していて、安兵衛に対する態度が慈愛に満ちている。

身を返して山径へ上った老武士に、若い安兵衛は、たまらなくなり、

「お待ち下されッ」

「何かな?」

「御尊名を、何とぞ――何とぞ――」

「おう。わしはな、伊予《いよ》、松平家の家臣、菅野《すがの》六郎左衛門《ろくろうざえもん》という者じゃ」

「はッ。俺――いや私は、越後新発田《えちごしばた》の浪人、中山安兵衛武庸《なかやまやすべえたけつね》と申します」

「よう素直に名乗られた。しかと覚えておこう。して、身寄りは、ござらぬのかな」

「はい――両親には早くから死別れ、家も潰《つぶ》れ、親類にも見放された乱暴者の私――故郷をとびだしてから一年になります」

「何で故郷を──？」

「はいッ。身を立てて、家名を興そうと思いまして──それなのに、そ、それなのに……」

安兵衛は哀《かな》しみと後悔とに居ても立ってもいられなくなり、身を揉《も》んで窪地に突っ伏すと、

「馬鹿ッ。安兵衛の大馬鹿めッ」

自分の頭を叩《たた》きながら、少年のように泣きだしたのである。

「中山氏《なかやまうじ》──これ中山氏」

どこか厳しい菅野六郎左衛門の声を聞いて、安兵衛が顔を上げると、

「おぬしは、何をもって身を立てたいのだ？──学問か、それとも剣の道か？」

菅野老人は、静かにまた窪地へ下りて来た。

「両方でございます」

「ではまず剣を学ばれい」

「は──？」

「江戸《えど》麹町《こうじまち》の剣客《けんかく》、堀内源太左衛門《ほりうちげんたざえもん》殿と、わしは親しく願うておる。添書《てんしょ》する故《ゆえ》、これからすぐに、江戸の堀内道場へ行かれよ」

菅野老人は若党から筆紙《ひつし》を受け取り、

「わしは御役目にて、これより国許《くにもと》へ参るが、定府《じょうふ》（江戸定住のこと）の身ゆえ間もなく江戸へ戻る。出来るだけのことは致そうから、おぬしも精魂こめて修業されよ」

「は——？」

「出来るか？——やり抜けるなあ、中山安兵衛」

温情をたたえた菅野老人の眼《め》と、再び若々しい瞳《ひとみ》の輝きを取り戻した安兵衛の眼がぴたりと合った。菅野は、もう一度、

「やり抜けるなあ」

「は、はいッ——」

菅野六郎左衛門はニコリとうなずき、紙に矢立の筆を走らせながら、しんみりとした口調で、

「中山氏、わしの一人息子もな、生きておれば、おぬしと同じ年頃であったよ」

跪《ひざまず》いて菅野の傍《そば》に控えていた壮年の若党が、このとき、そっと指を眼に当てたのを、安兵衛は見た。

三

それから五年後——中山安兵衛は、江戸、牛込《うしごめ》〝天竜寺〟門前の長屋に住み、麴町

の堀内源太左衛門の道場で、師範代をつとめるまでになっていた。

若い精力のすべてを剣と学問の道に投げ込んで一心不乱の修業が実を結んだのも、菅野六郎左衛門の激励と援助があればこそだったともいえよう。

菅野老人は、安兵衛を、全く吾子《わがこ》のように慈愛と厳格な眼で包んでくれた。

老人は牛込加賀町《かがまち》の松平右京太夫《まつだいらうきようだゆう》邸内の長屋に住んでいて、一人息子を亡《な》くしてからは老妻の宇乃《うの》と二人だけの淋しい暮しでもあり、安兵衛の粗笨《そほん》だが、ひたむきに純真な性格を愛して、

「安兵衛。おぬしとわしとは、これから叔父甥《おい》の間柄《あいだがら》じゃと思え。よいか」

といってくれた。たまに安兵衛が訪ねてくると、宇乃などは、もう大喜びで、

「旦那《だんな》様には内密ゆえ、たまには気晴しをするがよい」

そっと、酒を飲む小遣いをくれたりする。仕官が決まり身を立てるまではと、女だけは断乎《だんこ》として、これを振り向かないことにしている安兵衛も、十六のときに故郷で覚えた酒の味からは遠去かりかねている。

酒の量にも強かったが、悪酔いをする方でもなく、激烈な修業生活の息つぎに飲むそれは、心気を爽快《そうかい》にしてくれたし、正常で男らしい鍛練の明け暮れを送っている者にとっては、酒というものは邪魔にはならない。

師範代として道場から貰《もら》う給金と、菅野からの仕送りで、安兵衛も時には塩町《しおちよう》にあ

る居酒屋〝保久屋《ほくや》〟へ出向いて楽しい夜を過すことができた。

しかし、女は怖かった。

中津川祐範によって初めて知った女の匂《にお》いが、どれほど自分にとって強い誘惑であり、それが味わえば味わうほど切りがなくなるものだということを、安兵衛は箱根山中のあのとき以来、身に沁《し》みて悟っている。

(俺《おれ》は女に弱い。人一倍女好きな男だ)

女に溺《おぼ》れると金が要る。そして、その経済生活の破綻《はたん》は必ず武士としての自分を堕落させるに違いない、と安兵衛は深く自戒していた。

また、刻苦精励して一日一日と、文武の道を深めていくことが、安兵衛にとっては何よりも快適なのであった。

堀内道場の中山安兵衛といえば、在府藩士の間にも、かなり有名になってきたし、同じ道場へ通ってくる武士の中には、浅野《あさの》内匠頭《たくみのかみ》の家来、奥田《おくだ》孫太夫《まごだゆう》や柳沢家に仕える細井《ほそい》次郎太夫《じろうだゆう》などの優れた武士があって、安兵衛の親友となり、雪深い越後からとびだしてきた乱暴者の彼を誘導して、端然たる武士の風格に磨《みが》きをかけてくれた。

ここで、中山安兵衛の生い立ちに一寸《ちょっと》触れておこう。

安兵衛の父は中山弥次右衛門《なかやまやじえもん》と言って、越後・新発田三万石、満口信濃守《みつぐちしなののかみ》の家来であったが、安兵衛が十四歳の冬——城の櫓《やぐら》に火災がおこり、たまたま宿直をつとめていたところから、その責めを受けて禄《ろく》を奪われ、その年の初夏、新発田近在の浪宅《ろうたく》で家運衰亡を嘆きながら病死してしまった。

母はその五年前、すでに病死していたし、安兵衛は妹の三津《みつ》と共に、母方の伯父に引き取られたのである。

伯父は厳格、というよりも口喧《くちやかま》しく、自分の子供達と安兵衛兄妹をハッキリと区別して、まるで下男女中同様に扱うというような仕打ちをしたので、温順な妹はともかく、腕白盛りの安兵衛は、たちまちに僻《ひが》みだし、反抗的になって暴れはじめた。

出入りの酒問屋へ押しかけて酒を覚えはじめたり、藩士の子弟に喧嘩《けんか》を売ったり――伯父もうるさく怒鳴りつづけるし、親類中を盥回《たらいまわ》しに預けられたが、どこでも鼻つまみにされ、

「畜生。今に見ていろ。立派に出世して中山の家を興し、親類共を見返してやるぞ」

と、伯父の家から、金を盗みだし、故郷をとびだしたのが、元禄元年の春であった。

岡山の遠縁を頼って行ったが、たちまちに追い出され、中国、関西、東海道と、垢《あか》じみた浪人姿でうろつきまわっていたところを、中津川祐範に拾われたことは前にのべた。

菅野六郎左衛門に救われてから五年――江戸にも住み馴《な》れた中山安兵衛に仕官の口が決まりかけたのは、元禄七年の早春のことである。

四

「十二銅お上げ、お上げの下から落っこちた──稲荷講《いなりこう》、万年講《まんねんこう》、ごじゅにとお上げ……」

長屋の子供達の唄声《うたごえ》と、のどかな太鼓が鳴る初午《はつうま》の日の、よく晴れた午後であった。道場も休みで、同じ長屋に住む、大草重五郎《おおくさじゅうごろう》という中年の浪人を呼び、自宅で酒を飲んでいた安兵衛を、菅野六郎左衛門が若党の角田佐次兵衛《つのださじべえ》一人を連れて訪れた。

「これは叔父上。ようこそおいでに──」

「酒を飲んでおったのか？」

「はッ」

「まずいな」

「はあ？」

「今日はな、他のこととは違う。おぬしの仕官の口が決まりそうなのじゃ」

「え──まことで？」

「浅野家の江戸御留守居役《えどおるすいやく》、堀部弥兵衛《ほりべやへえ》殿が、わざわざ、おぬしを首実検に参られたのだぞ。今、この路地口にお待たせしてある」

「そんなら何故《なぜ》そうと――」

「さ、早く仕度仕度」

今でいえば就職試験だから菅野老人も、かなり昂奮《こうふん》している。

あわてて大草の浪宅へ行って袴《はかま》をつけ、顔を洗って自分の家へ戻り、戸を開けるその瞬間であった。

「えい」

土間に待ち構えた堀部弥兵衛の峯打《みねう》ちの一刀が、安兵衛に振りおろされた。間髪を入れず飛び退《さが》ってこれをかわし、ピタリと坐《すわ》って、

「中山安兵衛武庸にござります」と、安兵衛は鋭く相手を見上げ、名乗った。

堀部弥兵衛は、このとき六十六歳の老武士だったが、赤ら顔の肥《ふと》った体を揺すって、大声に、

「及第ッ。菅野殿。及第致した」

と叫んだ。

「恐れ入る」

菅野老人もハラハラ気をもんでいたらしいが、ホッと微笑をもらした。

安兵衛が大草の家で仕度をしているうちに、堀部弥兵衛は菅野に案内されて安兵衛の浪宅へ入り、戸口に待ち構えて、安兵衛の手練の程を試したのだ。

「いや中山殿、お許しあれ。本来なれば、御殿へお呼びして、それがし応対つかまつるところだが——お家に大切な武夫《もののふ》を迎え入れるについては、この堀部、その武夫の、飾り気取らぬ毎日の暮しのありさまを、この眼でしかと確めたかったのじゃ。いや結構結構。これより藩邸へ帰り、早速、殿に申し上ぐるでござろう。浅野家にまた一人、立派な武士が増えることになりましたとな」

こういって堀部弥兵衛は上機嫌《じょうきげん》で引き上げて行った。

「よかったな、安兵衛」

と、堀部の後から路地へ出た菅野老人も、そうささやいて、安兵衛の肩を叩いてくれた。

「叔父上——素浪人の私を、これまでおみちびき下され、安兵衛、何と申してよいか……」

うるむ眼に万感をこめて見つめると、菅野は、

「まず、よかった。可愛いおぬしの一生が決まることとゆえ、おぬしが命をかけて御奉公できる、よき大名をと——それを考えていたので仕官が遅うなった。勘弁せいよ。堀部殿とわしは親しく願うておってな。このほどようやく、おぬしの仕官を頼んでみたのじゃ。いずれ御沙汰《ごさた》があるであろうが、まア今夜は祝い酒でも飲め」

珍らしく優しい口調でいうと、小判一両を、そっと安兵衛にくれた。

浅野家仕官については、同門の奥田孫太夫も何かと口添えをしてくれたものであろう。

この日の夕暮れ、安兵衛は大草重五郎と共に長屋で祝い酒を汲《く》み交していると、天竜寺の門前あたりで、人のざわめきと、けたたましい女の悲鳴がおこり、犬の吠《ほ》えたてるのが路地口を抜けて聞えてきた。

大草は盃《さかずき》を捨てて、

「また、犬めが人を噛《か》みおったらしいな、安兵衛殿」

「うむ――」

「全く困った世の中だ。将軍様が、下らぬ信心に凝り固まられて、畜生という畜生は、犬から雀《すずめ》に到《いた》るまで、これを大切にせよとお触れを出したばっかりに、雀一羽殺しても罪人になり、島流しだというんだから、世も末だよ。一体、人間と畜生と、どっちが大切なんだ」

と、大草は慨歎《がいたん》する。

時の将軍綱吉《つなよし》が貞享《じようきよう》四年に、

「生類憐令《しようるいあわれみれい》」

という法令を発してからは、けだもの達、ことに犬、猫《ねこ》などは、口惜しがりながら手もだせない人間を馬鹿《ばか》にして我物顔に往来を伸《の》し歩き、獣性を丸出しにして乱暴を働きはじめている。野良犬《のらいぬ》が台所へノソッと上ってきて、食物を荒しまわっても手をだせないという悲喜劇が珍らしくはない。

ざわめきと女の悲鳴と猛犬の唸《うな》り声は、路地口へ流れこんできた。

「犬め、追っ払ってくれる」

と、安兵衛は立ち上った。

「よせ、役人に知れたら事だぞ」

「大丈夫大丈夫。捨てておいたら女が気の毒だ」

安兵衛がでていくと、たちまちに路地口が騒がしくなった。

「お、お助け下さいまし。い、犬が——犬が……」

女の叫びにつづいて、

「ええい」

安兵衛の気合いが起って、けたたましい犬の鳴き声があがり、それが鼻を鳴らすような声にかわって、どうやら犬は逃げだしたらしい。

「どうだい、中山先生の気合い一つで、犬め、腰を抜かしやがった」

「やっぱり違うね。俺《おら》ァ胸がすいちゃったよ」

などと、長屋の町民達が歓声をあげはじめた。

大草浪人は外へで、井戸端に倒れている茶屋づとめでもしているらしい美しい女を

安兵衛の家へ抱えこみ、

「こりゃ、大分やられとる。これでは歩けんよ」

と、つづいて入ってきた安兵衛にいった。

「そうか――そりゃ、いかんな」

女は青ざめた顔を上げて、

「危《あやう》いところ、あ、有難う存じました」

と、安兵衛を見た途端に、

「あッ――」

眼を見張って叫んだ。

「や――あのときの――」

と、安兵衛もおどろいたが、女――五年前の箱根の山径《やまみち》で祐範が手籠《てご》めにしようとしたお仙は、懐《なつか》しそうに微笑を浮べて、

「まあ――そのせつは、危いところを――」

「いや――どうも……」

安兵衛は恥かしくて身動きもできない。

あのときの欲望に眼が眩《くら》んだ自分の姿を思い出して、顔から火がでるようであった。

大草も、長屋の人々も、興味ぶかげに二人の顔を見比べているのだ。

五

お仙と安兵衛は、同じ家に七日間を過した。お仙の傷が、かなり深かったためである。

その間、傷の手当てや看護に、安兵衛は心を尽した。前非を悔いる気持もあったが、話を聞いてみると、お仙も安兵衛同様に天涯《てんがい》孤独の身の上なのだ。

岡崎の木綿問屋の親類で下女同様に働らかされているうちに、たまたま逗留《とうりゅう》していた旅絵師に騙《だま》されて、岡崎を出奔したお仙は、箱根・底倉の宿で、持金を奪われて男に逃げられ、捨てられてしまったのである。

「あれから二年ほど、底倉の宿で女中をしておりましたけれど、思い切って江戸へでました。江戸へでれば、もしやあなたさまにお目にかかれることもあるかと思って――」

お仙は五年前に比べ、化粧の色も、唇《くちびる》の紅も濃くなっていたし、女盛りの熟しきった体臭は、安兵衛を大いに困らせた。

七日の間――安兵衛の端然として体に手も触れようとしない態度と、誠意をこめた看護に、お仙の胸は燃え上ったようである。

傷も、どうやら癒《い》え、明日は浅草奥山の茶屋へ戻るという夜のことだ。

お仙は、もうたまりかねたように、安兵衛の膝へ取りすがった。

「私、私がここにいてはお邪魔でしょうか。お邪魔なんですねえ」

歩行も、いくらかできるようになって、昼間のうちに髪も結ったらしく、島田髷《しまだまげ》の香油が、いやでも安兵衛の鼻先に匂ってきて、彼を当惑させた。

「どこへも行くアテはないのか？」

「戻るつもりなら、いくらでもあります。というのはね、中山様。女なら――女なら食べていくのに困りゃしないんです」

「そりゃ、結構ではないか」

「そのかわり、御飯といっしょに泥水《どろみず》も飲まなきゃならないんです」

水茶屋の女という商売が、どんなものか、それくらいは安兵衛にもわかっていたが、

「どうなのだ。その岡崎の伯父御のところへ帰っては――」

「五年前に三十両もの大金を持ち出して、旅の男と駈《か》け落《お》ちした私を、伯父が迎えてくれるものですか――」

と、お仙は喘ぎながら尚《なお》も擦り寄って、

「天竜寺門前の茶屋に友達をたずねて、その帰り途《みち》、犬に嚙まれたおかげで中山様にお目にかかれるなんて――私、夢にも思いませんでした。けれど、体も心も泥水に染

まった私ですもの、あつかましく何時《いつ》までも御厄介《やつかい》になれるわけはありません――でも、でも、たとえ一日でも、二日でも、中山様と私――」

お仙はもう必死の面持《おもも》ちで、安兵衛の胸に頰《ほお》を寄せてくる。

「い、いかん。いかんよ、お仙さん――」

「私が、おきらいなんでございますか?」

「きらいじゃない、きらいじゃ……」

「この七日間、御厄介をおかけしているうちに、私、もう、自分で自分が、どうにもならなくなりました。ですから……」

「それはな、俺だって男だ」

と安兵衛は、そっとお仙の体を押退《おしの》けながら、濃い眉《まゆ》を寄せ、

「しかも、人一倍、女好きな男だ」

「中山様――」

「だからこそいかんのだ。一度、おぬしとそうなってみろ。とても、いかん。修業も何もできなくなる」

「一時のたわむれでもかまいません」

お仙の成熟し、男を知った体は、安兵衛の逞《たく》ましい風貌《ふうぼう》の底に潜む暖かい親切な心を知って燃え上り、むせぶように泣きながら彼女は安兵衛に抱きついてきた。

「飽きたら捨ててもかまいません。中山様――」

頭の中が痺《しび》れたようになり、安兵衛も夢中になってお仙を抱きしめようと、危く思いかけたが――、

「いかん」

咄嗟《とっさ》にすり抜けて、お仙の体から飛び離れ、両刀を鷲《わし》づかみに腰へ差しこみながら、安兵衛はいった。

「お仙。俺よりも、もっと女に優しい男が、この世の中にいるはずだ。探せ。な、一生懸命に探してみろ」

「中山様ッ――」

「いかん――俺は今夜、他へ泊る。おぬしはここでゆっくり休め」

安兵衛は身を返して土間におり、わッと泣きだすお仙の声を背中に聞きながら、路地へとびだして行った。

生暖かい春の夜だったが、いつの間にか雨が音もなく降りだしている。

安兵衛が、この長屋をでていって間もなく、菅野六郎左衛門の下男が、菅野の妻、宇乃からの手紙を持って安兵衛の家を訪ねてきた。

六

翌日の早朝に、中山安兵衛が天竜寺の長屋へ戻ってくると、長屋中は大騒ぎだった。

大草重五郎が路地へとびだしてきて、

「安兵衛殿ッ。一体、何処《どこ》へ行っていたのだッ」

「千駄ケ谷にいる道場の友達のところで碁を打って夜を明かしてしまったよ。ははは」

「それだからわからんはずだ。塩町の保久屋や細井次郎太夫殿の家や、あっちこっちへ長屋の者が走りまわって、おぬしを一晩中、探していたのだぞ」

「何?——そりゃ、どういうわけだ?」

ものもいわずに大草は安兵衛の家へ、安兵衛を引っぱりこんだ。

お仙と共に二、三人の長屋の者と話しこんでいた菅野の下男、平助は、安兵衛の姿を見ると、青ざめた顔にパッと歓喜の色を浮かべて、

「あッ。お戻りなされたッ。安兵衛様ッ、これからすぐに——」

「平助ではないか——一体何だ?」

平助は宇乃からの手紙を安兵衛に渡した。

「早く、早くお読み下さいまし、安兵衛様」

宇乃の手紙は、意外な事件を知らせてきたものであった。

菅野六郎左衛門は、同じ家中《かちゆう》の侍、村上庄左衛門に果し状を突きつけられ、この日の卯《う》の刻に、城北の高田の馬場で村上と果し合いをすることになったというのだ。菅野は宇乃に、

「村上庄左衛門は、おそらく数名の助太刀を頼むに違いない。まだ若い安兵衛の命を縮めることはわしの不本意だから、必ず知らせてはならぬ。わし一人で出向くつもりだ」

と、安兵衛の助太刀を禁じたが、宇乃にしてみれば、老いた良人《おっと》を、みすみす見殺しにできかね、何度もためらったあげく、昨夜、思い切って手紙を書き、平助に持たせてよこしたのだという。

平助も、昨夜から菅野邸と安兵衛宅を二度も往復して連絡をとったり気を揉《も》んだりしていたのだが、菅野老人は時刻からいえばもう仲町の家から高田の馬場へ向ったに違いなかった。

「平助。卯の刻までには、まだ半刻《はんとき》ほどあろう。必死に駈《か》けつければ間に合うぞ」

「では、これから直《す》ぐに——」

「勿論《もちろん》だ。叔父上を死なせては、この安兵衛、これから先、生きながら地獄の針の山

を歩むも同じことになる。仕度せい」

安兵衛は部屋へ上り、素早く身仕度にかかった。

お仙が、

「死なないで――中山様、死なないで――」

と、譫言《うわごと》のように繰り返しながら仕度を手伝った。

大刀の柄《つか》を布で巻いて、しめりをくれ、急いで湯漬《ゆづ》けをかっこみながら、安兵衛は平助から、ざっと、この果し合いの原因を聞くことができた。

意外にも、中津川祐範の名が、五年ぶりに安兵衛の耳に入った。

祐範は下谷《したや》御徒町《おかちまち》に道場を構え、村上庄左衛門に取入って、松平家へ仕官しようともくろんだが、成功の一歩前で菅野老人に発見され、菅野は、

「腕前のほどは知りませぬが、中津川祐範なる武士は、当家に於《おい》て召し抱えてはならぬ男でございます」

と、主君の松平右京太夫に、五年前の事件を語り、

「過ちは誰にもあることゆえ、立派な武士に生れ変わっておれば召し抱えても苦しゅうございませぬが――それがし、それとなく取り調べましたるところ、祐範の素行の悪さは下谷辺りでも評判でございました」

と報告したので、直ちに祐範召抱えの件は取りやめになった。

祐範を推薦し、かなりの賄《まいな》いを使って重役にも仕官の斡旋《あっせん》運動をやっていた村上庄左衛門が面目を失ったと烈火の如《ごと》く怒ったのは、前々から、その傲慢《ごうまん》な態度を菅野老人から強く戒しめられたことが二度ほどあり、それを根にもっていたためもある。

果し状は直ちにつきつけられた。

武士の面目を傷つけられたというのが、その理由であった。

「フーム。祐範が村上と——そうか」

祐範の槍《やり》の凄《すご》さは、安兵衛も充分に知っている。はからずも五年後の今日、白刃《はくじん》を交えることになったか——と、安兵衛は胴ぶるいした。

雨も止《や》み、あたりは、まだ薄暗かったが、黒紋付の裾《すそ》を端折《はしょ》った安兵衛が路地へでると、長屋中の者が激励の声を浴びせかけた。

大草重五郎が、

「俺も手伝いたいが、行っても無駄《むだ》だ。腕の方は全く自信がないのでな」

と、ひどく割り切ったことをいったが、でも心配そうに、

「しかし、大丈夫か？　一人で——」

「真剣勝負は始めてだよ」

と、安兵衛は、血の気のない紙のような顔をしているお仙へ振り向いて、

「お仙——」

「中山様——」

「幸福《しあわせ》になれよ。な——」

いい捨てると、一散に路地を駈けだして行った。

七

安兵衛は、市ケ谷の高台を下って喜久井町《きくいちょう》にでると、牛込馬場下《ばばした》の居酒屋「小倉屋」の軒先で一息入れ、桝酒《ますざけ》を求めて、一息に飲み干し、口に含み残した冷酒を刀の柄へ霧に吹き、ようやく陽《ひ》の色が漂よう高田の馬場へ駈けつけた。

高田の馬場は、幕府が寛永十三年に、弓場、馬場の調練所として二筋の追回しを築き、松並木の土手を配した草丘《そうきゅう》である。

安兵衛が駈けつけると、斬合《きりあ》いは、もう始まっていた。

村上方は庄左衛門の弟、三郎右衛門。中津川祐範の他に、——祐範の門弟、といってもいずれもごろつき浪人などに違いないだろうが、これが八人ほど加わり、菅野六郎左衛門と若党の佐次兵衛《さじべえ》を取囲んでいる。

「待てッ。待てッ。叔父上ッ。安兵衛、只今《ただいま》駈けつけましたぞ」

土手を下って馬場にとびおりた安兵衛を見て、さすがに菅野老人も嬉《うれ》しさを隠しきれなかった。

「おう。きてくれたかッ」

「安兵衛様ッ。よう間に合《お》うてくれました」

と佐次兵衛も歓声をあげる。

「卑怯《ひきよう》な奴《やつ》どもめ。これが尋常の果し合いかッ」

安兵衛は抜き打ちに一人を斬り倒して叫んだ。

朝靄《あさもや》の中から総髪の大男が槍を構えて近寄ってきた。中津川祐範だ。

「久しぶりだの、安兵衛――ふうン、そうか。貴様が、菅野の助太刀か――こいつは面白いわい」

「祐範ッ。相変らずおぬしはけだものだな」

「ふン相変らず貴様は馬鹿正直だの。命はないぞ。覚悟しろよ」

じりじりと迫る白刃と槍をにらみ、安兵衛は、

「叔父上は村上とお立合い下され。あとの者は安兵衛一人にて相手いたす」

と声をかけ、猛然と大刀を振りかぶって菅野の前に刀をつけていた村上の弟、三郎右衛門に殺到した。

「えいッ」

息も詰まるような殺気が揺れ動き、気合いと怒声が入り交ったかと思うと、三郎右

衛門が悲鳴を上げて突っ伏した。

菅野老人も必死の気魄《きはく》をこめ、村上庄左衛門に斬りつける。

「弟ッ――」

庄左衛門も弟が倒れたのを見て一瞬ひるむものへ菅野の一刀はキラリと伸びて、その頬《ほお》から首にかけて浅く傷つけた。

「うぬッ」

村上も必死で、身をくるりと回して振り払った一刀が、菅野の左の肩口を斬った。

あとは、もう乱戦である。

佐次兵衛も門弟一人を倒したし、安兵衛は一人を斬るたびに自信が湧《わ》き上り、帯を切り裂かれ、左の二の腕に傷を負いながらも凄《すさ》まじい闘志をみなぎらせ、激しい気合いと共に敏速果敢なる攻撃を行なっては一人、また一人と相手を倒した。

門弟の残り三名ほどは逃げ散り、中津川祐範の槍だけが、安兵衛の前に突きつけられたとき、安兵衛は、嗄《しわ》がれて疲れた菅野老人の叫び声を耳にした。

「叔父上ッ」

思わず振り向きかける一瞬、祐範の槍が閃光《せんこう》のように安兵衛の胸を目がけて繰り出された。

そのとき、どう動いたのか、安兵衛は自分でもわからなかった。無意識のうちに左手が小刀にかかり、身を捩《ねじ》って祐範の槍を中段から斬り落すと共に右手の大刀は間髪を入れず、祐範の首から肩口にざくッと斬り込んでいたのである。

「うわッ――」

祐範は仰向けに倒れ、歯を食いしばりながら大刀を抜こうとして抜き得ず、

「す、助太刀などするのではなかった。死、死ぬのか――俺は、これで、もう死ぬのか……」

呟《つぶ》やくようにいって、ガクリと地に伏してしまった。

身を返して二刀を提げたまま安兵衛は、土手の向う側の草地で闘っている菅野老人の傍《そば》へ駈けつけた。

老人も村上も血だらけである。佐次兵衛が老人に付き添って、まだ余力の残っている村上庄左衛門の攻撃を防いでいるところだった。

「叔父上ッ。安兵衛参りましたぞ。相手は村上一人。あとの者は全部斬り捨てましたぞッ」

安兵衛の、この大声は、もう決定的に村上庄左衛門の余力を奪ってしまった。こうなっては、庄左衛門も菅野老人のトドメの一刀を首に受けないわけには行かない。

しかし、菅野六郎左衛門も、七カ所ほどの深い傷を受け、この馬場で息を引取った。

「安兵衛。おぬしの身柄《みがら》は、堀部弥兵衛殿に、よう頼んである。浅野家へ仕官したら、

立派な武士になってくれよ」

老人は草地に坐《すわ》り、安兵衛の両腕にしっかりと抱かれながら、弱まる息の下から、

「あとに一人残される叔母を、頼む。な――」

「はいッ。命に替えましても……」

それを聞くと、菅野老人は、満足そうな微笑を浮かべ、コックリとうなずいたかと思うと、安兵衛の腕に顔を伏せた。


この果し合いの助太刀が世の評判となり、中山安兵衛が、堀部弥兵衛の養子となって、八年後の元禄十五年十二月十四日――吉良《きら》邸へ討入った四十七士の一人として活躍したことはいうまでもないことである。

（「面白倶楽部」昭和三十三年五月号）

新選組生残りの剣客——永倉新八

新選組の隊士

新選組といえば、勤王志士達の涙ぐましい活躍に対し、剣と力をもって恐るべき弾圧を加えた暴力団のように思われているようである。

しかし、歴史の上にも文学の上にも、また演劇や映画の上にも、戦前からそうした評価を受けていながら、近藤勇を隊長とするこの幕末の俠士《きようし》団の人々に、我々衆民はなおも、そこはかとなき親愛の情を寄せているようだ。旧天長節の月日を知らぬ（勿《もち》論《ろん》知らなくともよい時代だが……）大学生諸君も、近藤勇の名前を知らぬものはあるまい。それは、彼等が混沌《こんとん》たる時代の中に終始一貫して「利」も「慾《よく》」もなく、自ら信ずるところのものをつらぬき通したいさぎよさが、好感をもって迎えられているからかも知れない。

それほど人口に膾炙《かいしや》している近藤勇であり新選組であるのに、彼等が、あの狂瀾《きようらんど》怒濤《とう》の如《ごと》き幕末の暗黒時代を、どう生きて行き、どう消えて行ったかを知る人は余りないようである。

徳川幕府の政体が経済的にも外交的にも弱まったとき、突如渡来した黒船の出現によって、外からは西洋諸国、内からは全国に火の手を上げた勤王運動の板ばさみとなり、幕府は苦悶《くもん》した。

幕府も、何とかして国体を建直そうと考えた。勿論、幕府の上に天皇をいただくという意味である。こうした考え方を公武合体派、つまり勤王佐幕派と呼ぶ。

その一方、あくまで天皇ひとりをいただき幕府を倒して新政府を樹立せんとする勤王諸藩を急進尊攘《そんじよう》派、つまり勤王倒幕派という。だから共に天皇を中心として鎖国の夢を破り、先進文明国の圧迫を切り抜け、日本の国を一人前にしようという考え方は同じであった。

だが幕府の政治力というものは全く軟弱化し、幕府に替って政治の原動力になろうと押し進んで来る薩摩《さつま》、長州、土佐などの諸藩が京都の朝廷に取り入り、政権を担《にな》うべき名目を得ようとする活潑《かつぱつ》な動きには、ほとほと手を焼いたのである。

幕府を倒さんため、京を中心に馳《は》せ集まった勤王浪士達の蠢動《しゆんどう》を押えるために、幕府が臨時に募集した浪士隊が新選組の前身であった。前置が長くなったが……浪士隊の創立よりその悲惨な末路まで、剣名高き活躍をし、ついに明治のみか大正四年まで生き残って七十六歳の極楽往生をとげた永倉新八の一生を、簡略にではあるが、ここに語ってみたいと思う。

硬派不良青年

新八は天保《てんぽう》十年（一八三九）に、福山藩主松前伊豆守の家来で江戸定府《じょうふ》取次役をつとめる永倉勘次の一人息子として生れた。下谷《したや》三味線《しゃみせん》堀《ぼり》の藩上屋敷《かみやしき》内の長屋で、彼の腕白盛りの幼少時代は、のびのびとすごされたようである。

父母も温良な性格だし、一人っ子だから可愛《かわい》くて仕方がない。従って七歳の春に門番の足軽に、新八が自分の黄色いうんこを餡《あん》にした饅頭《まんじゅう》をだまして食べさせ、そのために父が家老の下国東七郎に呼ばれて忠告を受けた、というようないたずらは絶え間がなかったという。

むろん勉強は大きらい。その代り八歳の夏から通い始めた剣術の方はめきめき上達した。師匠は神道無念流の岡田十松だ。

十五歳には切紙、十八歳には本目録を許され、岡田門下でも屈指の腕前となった。太刀筋もよかったのだろうが、何よりも本人が好きで好きでたまらないのだ、剣術が……。勝負を争うときの緊張が切ないほど楽しく、よろこばしい。今でいえば旺盛《おうせい》なスポーツマンの一人だったといってもよいだろう。

ついに十九歳の春、片苦しい藩邸から飛び出し、友達の市川某なる浪人と関東一帯に武者修行をやって、下野《しもつけ》佐野宿で、博徒と陣屋の侍との大喧嘩《おおげんか》に、一役買って暴れ廻《まわ》ったこともある。

こうした永倉新八の、潑剌《はつらつ》たる硬派不良青年ぶりも、数え年二十四歳で牛込二十騎町にある近藤勇の道場へ食客として転げ込んでからは、どうやら落着いたようだ。

「居たければ居たいだけ、おられるがよろしかろう」と、近藤もいってくれたし、近藤を中心に、土方歳三《ひじかたとしぞう》、沖田総司、原田佐之助などの腕利《うでき》きが、この道場を「江戸一番の道場にしてみせる」という野心をみなぎらせて活気のある毎日をすごしているのが、新八にはピッタリきたのだ。

この道場に集まる剣士達が、京へ上る将軍・家茂《いえもち》の警護という名目で徴募された浪士隊にまじって京へ上ったのは、文久三年の春であった。

世はまさに――攘夷《じょうい》（外国を追払うこと）と開港（外国と交際すること）、佐幕と勤王に別れ、大名も武士も浪人も、喧々囂々《けんけんごうごう》たる騒擾《そうじょう》がつづけられている。

幕府は安政五年に朝廷を無視してアメリカと通商条約を結び、これを朝廷がいたく不快に思っていたので、将軍は、この際、一つには朝廷の御機嫌《きげん》を伺うため、一つには攘夷を叫んで倒幕の気勢を上げる勤王派を懐柔するため、上洛《じょうらく》して天皇の怒りを解こうとしたのである。

「この際、先生も我々を引き連れ、浪士隊に加わって上洛し、存分に腕を振って天下の危機に名を上げられるべきだ、と私は考えるのだが……」
策師の土方歳三の言をまつまでもなく、近藤も永倉も、風雲に乗じて身を立てよう
という野心は鬱勃《うつぼつ》たるものがある。
しかも将軍を助けての勤王運動、つまり公武合体の夢を達成しようというのだから、
一も二もなかった。
京へ上った近藤一派は、浪士隊の黒幕となり幕府と浪士隊を操っていた清河八郎
（清河は京へ着いてから、うまい工合におのれの考える勤王運動に浪士達を巻き込も
うとした）と袂《たもと》をわかつことになった。清河は懐柔した浪士の大半を引き連れて江戸
へ引き上げてしまう。
「将軍家は朝廷のお怒りを解かんとして上洛なされるのだ。この幕府危急のときに当
り、将軍家よりの命令もないうちに、清河一人の采配《さいはい》によって動くことなどはもって
のほかだ」
近藤はキッパリと清河の言葉をはねつけ、同志十三名と共に京へ残ることになった。
永倉新八も近藤の言葉に強く共鳴し、命を賭《と》しても天皇と将軍のために働こうと決
意した。

島原の芸妓《げいぎ》を囲う

十三名の浪士は京都守護職の会津侯の庇護《ひご》の下に、新たに募集した百余名の浪人を加え、ここに「新選組」の隊名も決まって、新しい出発をすることになった。局長には水戸出身の芹沢鴨《せりざわかも》、近藤勇の二名、副長には土方歳三、山南敬助。隊士の監督に当る副長助勤の一人に、永倉新八は任命された。

「新選組」は、市中の警衛、巡察、浮浪人の取り締りなどに活躍、武器も日に日に整い、会津藩の勢力をバックにして、薩、長、土などの勤王志士達の恐怖と敵意の的になった。

市中での血なまぐさい斬合《きりあ》いも絶えず行われたし、新選組の俊敏な実力は幕府にも会津侯にも充分に認められた。

短いものではあったが、いえば新選組のもっとも華やかな時代である。

この最中に、傲慢《ごうまん》無人な言動で隊の風紀を乱した芹沢鴨が、近藤派の粛清によって暗殺され、かくて新選組は名実ともに近藤勇の支配するところになる。

永倉新八は芹沢と仲が良かっただけに、一寸《ちよつと》近藤や土方にも睨《にら》まれたようだ。成程、芹沢も商家の女房を誘拐《ゆうかい》して来て妾《めかけ》にするなど乱暴も働いたが、新八にはバカに当り

がよくて、

「君が迷惑をかけた御両親は、まだお達者かね？」

ギョロリとした眼《め》に何ともいえなく優しい光を宿して訊《き》いたりする。

「ええ、まあ、――江戸の藩邸で、不孝者の私をあきらめながら、仲良く暮しておるでしょうよ」と答えると、

「でもいいさ。俺《おれ》なんど、もう二人ともおらんものなあ」――淋《さび》しげにこういって、水戸あたりの子守唄《こもりうた》などを唄ったりした芹沢だ。

それだけに、芹沢の死は新八にとって哀《かな》しいものだったといえよう。

だが、悪いことはたしかに芹沢も悪いのだし、私情に駆られて近藤に楯《たて》つくわけにもいかない。

永倉新八は持前の屈託のない性格で、危なくこじれるところだった近藤や土方との間を無事に切り抜けた。

この頃《ころ》から新八は、島原廓内《かくない》、亀《かめ》屋の芸妓で小常というのに馴染《なじ》みとなって、ついに妾宅《しょうたく》へ囲った。

小常は肌《はだ》の白い小柄《こがら》な女で、舞の上手だったという。

当時、重《おも》だった隊士の妾宅は休息所と称していた。近藤にも土方にもこれがある。

新八は毎月十両から十五両を手当として、小常に渡していた。年に十両あればどう

にか暮して行けた時代だ。豪儀な給料だというべきだろう。

その代り新選組は命を的に働いた。

その頂点が、かの有名な池田屋騒動である。

脱退組を斬る

元治元年六月五日、祇園祭《ぎおんまつり》の宵宮《よいみや》の夜更《よふ》け、新選組は、三条小橋の旅宿・池田屋に集合する勤王志士を襲撃した。

これより二日前に、新選組は長州の志士、古高某を捕えて——来《きた》る三月二十日、長州をはじめとする勤王志士が御所へ火をかけ、その混雑にまぎれて会津侯を襲撃、同時に御所へ参入して天皇を迎え、これを長州へ御動座したてまつる——という密謀を白状させたのである。

五日の夜は、その会議が、池田屋と畷手《なわて》の四国屋で行われることも判明した。

近藤は土方以下隊士の大半を先《ま》ず四国屋へ向け、自分は永倉以下四人を従えて、会津の応援隊を待ったが、どうしたものか、これがなかなか到着しない。

「永倉君。こうしていては彼等が散ってしまう。我々だけでやるか！」

実戦となると近藤は新八の腕を大いに頼りにしてくれているらしい。新八は嬉《うれ》しかった。

「密偵《みってい》の調べでは、池田屋の敵は三十名だそうですな」

「こっちは五人。それでいいな」

「よろしいですとも――」

新八は勇み立った。

五人は、それから祇園会所を出て、三条小橋を渡り、池田屋へ斬り込んだ。

この斬り込みは、新選組の悪戦苦闘の一つに数えられる凄惨《せいさん》なものであった。

激闘二時間余――。

そのうちに四国屋へ廻った土方隊も会津の武士も救援に到着したが、それまでは近藤も新八も狭い旅宿の廊下に、部屋に、庭に、必死の闘いをつづけた。

道場では、新八と立会って三本のうち二本は新八に負ける近藤勇だが、実戦の近藤は人が違ったように強く、

「えーい。おーッ……」

と聞えるその激しい気合が、むしろ永倉達を奮い立たせるほどの力をもっていたといわれる。

かくて志士達の大半を斬り倒し、捕縛し、翌朝、壬生《みぶ》の屯所《とんしょ》へ引き上げる新選組を見物する人々は、沿道に満ちた。

新八の衣服は荒布のように切り裂かれていたし、刀は曲って鞘《さや》に入らず、しかも左の親指を切り落されていた。

この池田屋騒動を頂点にして、幕府も、従って新選組も、衰亡の一途を辿《たど》りはじめることになった。

仲の悪かった薩摩と長州の二大勢力が手を結び、協力して幕府を倒そうと襲いかかってきた。外には英、仏、米などの外国が条約改正を迫って幕府を圧迫する。

勤王諸藩の大軍は、いよいよ討幕の密勅を受けて京へ乗り込んで来る。

形勢悪化にともない、新選組にも脱退や逃亡するものが出てきた。

隊を脱退して薩摩藩と手を結ぼうとした伊東甲子太郎《いとうきねたろう》一派を新選組が襲撃したのが、あの油小路の事件だ。

新選組は先ず伊東を暗殺し、この死体を七条の辻《つじ》、油小路の十字路へ引き出して置き、これを引き取りに来る伊東派の武士達を待った。

やがて伊東の弟・鈴木三樹三郎を先頭に、七名の武士がやって来る。これを包んで新選組四十余名が斬りかかった。

新八も勿論、この斬合いに加わっていたがこのとき彼は、かつて仲良しだった藤堂平助が斬殺されるのを目の前に見ることになった。藤堂は伊東の参謀格で、伊東と共に隊を脱退していたのだ。

新八は藤堂に出会うと、サッと体をひらき藤堂を一度は逃がしてやった。しかし、その後から藤堂に斬りつけた三浦某の顔を見て、藤堂は悪鬼のように、

「うぬッ。貴様までが……」

と叫んで、また引き返してきたのだ。三浦は、かつて藤堂が弟のように面倒を見てやった男だったので、よほど口惜《くや》しかったものと見える。

バッタリ敵同志

約束の枚数もどうやらつきようとしている。ここで一気に明治の世に飛ぼう。

明治元年四月——敗軍の将、近藤勇は官軍の手によって板橋刑場に首を打たれた。

新選組もバラバラになり、土方歳三は函館《はこだて》にこもる幕軍に投じて戦死。

新八は会津へ逃げて、そこで東北の幕軍と共に官軍と戦うつもりだったが、いろい

ろなことがあって新八が米沢へ着いたときには、すでに若松城は落城してしまった。

もう戦う場所がないのだ。あらゆるところに官軍が充満している。

こんなときに腹でも切ろうという気にならないのが、新八の屈託なさなのであろう。

その性格が彼に長寿を与えてくれた。

（やるだけはやったんだからなあ。もう少し世の中の移り変りを見ていてやるか——）

もちろん、

（何をしたところで始まらんなあ）

がっくりと気落ちしたこともたしかであった。

「犬死はごめんだ。戦って死ぬならいい。手前で手前の腹なんぞ切るのは、俺アごめんだ」

そんなことをブツブツ呟《つぶ》やいている新八にはお構いなく、明治新政府は、次々に新らしい政令を、世の中を、人間を、つくりつつあったのだ。

明治二年の春――江戸に隠れていた新八は両国橋の袂《たもと》で、鈴木三樹三郎に出会った。

鈴木は油小路で新選組の手によって兄・甲子太郎を暗殺されたことを、夢にも忘れてはいない。

二人とも顔がバッタリ合って、ハッと眼の色が変った。勝てば官軍、負ければ賊である。いうまでもなく鈴木は前者、新八は後者に当る。

（失敗《しま》った！）

さすがに、あれだけ真剣の斬合いを何とも思わなかった永倉新八なのだが、このときはもうビッショリ脂汗《あぶらあせ》をかいて、腰の一刀に手をかける勇気も出なかったという。

「賊」という精神的な負い目が、その闘志を失わせてしまったのだ。

鈴木も勿論、新八の腕前は熟知しているので、このときは「いずれまた――」と別れたのだが、以来、鈴木は執拗《しつよう》に新八を狙《ねら》いはじめた。もう怖くて怖くてならない。新八は思い切って松前藩邸へ飛び込み、下国家老の世話で領国の福山へ逃げた。

女役者の娘と対面

福山で永倉新八は、医師・杉村松柏の養子となった。「賊」の汚名を耐えて隠れ潜むこと五年。ようやく新八も堂々と明治の新時代に大手を振って歩けるようになり、明治八年には樺戸《かばと》監獄の剣術師範に招聘《しょうへい》され十年余を勤務。辞職しての帰途、函館に土方歳三の霊を弔ったりした。

以後新八は竹刀《しない》一本を手に諸国を漫遊したり、妻と二人の子がいる小樽へ戻ったりしていたのだが――明治二十三年の秋に、懐《なつ》かしい京都を訪れ、その折に、はからずも新八はあの島原の芸妓、小常との間に出来た子供にめぐり合うのである。官軍に敗れて、永倉新八が新選組一同と共に京を逃げたとき、その子供は生れたばかりであった。

しかも小常は難産がたたって死亡してしまったのだ。女の子で磯子という。「江戸の松前藩邸に俺の従兄《いとこ》がいる。世の中が治まったら磯子を引き渡してやってくれ。俺はもう生きては戻れぬからなあ」

そういって金五十両をつけ、新八は娘を、小常の姉に託したのであった。

以来（どうしているかなあ）と思っても自分の身を隠すのが精一杯で、忘れるともなく忘れていたのである。

京で新八は、昔小常と住んでいた本願寺筋釜屋町附近を懐しげにうろついていると、

「もし、先生！ 永倉先生やおへんか？」

と声をかけられた。

見ると、これが、昔近所にいた八百屋の女房なのである。

この女房の口から、娘・磯子が、尾上小亀と名乗って関西ではかなり人気を呼んでいる女役者になっているということがわかった。

新八は娘と対面した。このときのことは、くわしくわからないが、厭《いや》な感じのする対面ではなかったらしい。

非常に和やかに語り合えたようであり、以後も時折は便りをし合っていたものらしいのである。

永倉新八は大正四年一月五日、長男・義太郎、二女・ゆき子の二子に仕えられて、小樽に歿《ぼっ》した。

晩年の彼の肖像《しょうぞう》を見ると——生死の間を潜《くぐ》る乱闘は百余回、小肥《こぶと》りな体に大刀を横

たえ、いたずらっぽい瞳《ひとみ》をくりくり動かして力一杯暴れ廻り、おのれのエネルギーのすべてを天皇と将軍のために ぶち込んだと信じて疑わなかった男性的な体臭が、さわやかに匂《にお》ってくるような気がする。

天皇といい、将軍といい、勤王といい、佐幕といい、区別は時代の変転によって如《い》何《か》ようにも変るものだが、彼は日本人の一人として幕末の暗黒に、何とか一条の光明を呼ぼうとして活躍した男のひとりであった。

（「歴史読本」昭和三十四年十二月号）

三《みつ》根《ね》山《やま》

昭和三十一年・秋場所

島村島一《しまむらしまいち》は今年三十四歳。〝三根山〟と名乗っての力士生活を、新聞などは老雄と書きたてる。

入幕して一人前の関取になったのは昭和十九年の春で、それ以来、腎臓《じんぞう》、肝臓の内臓疾患や、手足の負傷に加えて、去年の夏、八場所もつとめた大関の座を転落してから、リュウマチや神経痛がひどくなり、ずっと負け続けて、この夏場所には西の前頭十三枚目に落ち、ここで病む体を引き擦るようにして九勝六敗と勝ち越し、今場所は十枚目に進んではいるが、妻の淑子《ひでこ》から見ても、島一の体は相当にひどくやられているように思われる。

この六月に、駿河台《するがだい》の日大病院へ入院して、退院したのは半月ほど前の八月三十一日だから、力士にとって一番大切な稽古《けいこ》も、夏の巡業でのトレーニングも全くしてはいないのだ。

稽古も積まず、体も癒《なお》り切らないのに、島一が勝ち越せるものかどうか――今場所、負け越せば、その負けた星の数によって、どこまで転落するか、とにかく幕尻《まくじり》まで下ることは確かなことだし、そうなれば、その次の場所の成績次第で十両に落ちるようなことになるかも知れない。大関までとった良人《おっと》が、平幕に落ちたことだけでも胸が痛いのに、その上、幕内からもすべり落ちることになったら、良人は、どんなに辛《つら》いことだろう——などと、淑子も、ふだんは楽天的にものを考えるほうなのだが、今場所だけは、暗い方向にばかり考えが進んで行く。

九月十六日（初日）

島一は朝五時に起床。淑子が掃除を済ました仏壇に向い、お題目をあげはじめる。冴《さ》え冴《ざ》えと室内一杯に拍子木の音が響く。毎日の日課である。

そして、ミキサーでつくったリンゴのジュースを飲み、七時には新宿区白銀町《しろがねちょう》の家を出て、東両国の高島部屋へ稽古に向う。昼飯は部屋で力士達と共に済まし、午後二時頃《ごろ》、蔵前《くらまえ》の国技館へ場所入りをする。

五尺八寸、三十八貫（全盛時代には四十貫余）愛くるしい童顔で、太い眉毛《まゆげ》が下っているのと反対に、眼尻《めじ》りがキューッと吊《つ》り上っている。澄んだ眼だ。

相撲の取り口は堂々と正面から、寄って、押す。押して、寄る正攻法の基本に徹し切っている。いささかのケレン味もないだけに、立合の素早い足の運びが非常に重大な役目を果すことになるわけだ。

初日の相手は清水川《しみずがわ》である。

時間一杯になり、見物の喚声の中に中腰で睨《にら》み合った島一と清水川の眼と眼の空間が、ぱっと揺れ動き、島一が突っ込んで行くと、眼の中へ飛び込むように映った清水川の体が、ふいと消えた。

（躱《かわ》されたな）

と、瞬間、電光のように感じ、対象を失ってよろめきかかる体の何処《どこ》かに強烈な打撃を覚えながら島一は両足に力を籠《こ》めてこらえ、本能的なカンで相手の体を追って吸いつくように左の腕を伸ばして相手の右腕の下に差し込むと、一気に土俵際《どひょうぎわ》へ寄って行った。

見物の喚声に交じり「みつねやまァ」と、自分の名前を呼ぶカン高い子供の声がしたのを、ハッキリと耳に聞きながら、島一は二字口《にじぐち》に戻り、荒らい呼吸を押えつつ、行司から勝ち名乗りを受けた。

土俵下に降りて、土俵の向うを見やると、負けた清水川が土俵に礼儀正しい一礼を残して花道を去って行くところだった。

清水川も島一と同じ古参力士で幕内十年を勤めているが、腰を痛めて不運な土俵を続けていたのが、今場所は体の調子もよく稽古も充分にしていると聞いていただけに、躱されて充分に踏み止《とど》まり、一呼吸もせずに、そのまま素早く寄り進めた自分の足の動きが、二年前の全盛時代のそれと感覚的に同じようなスピードを持っていたことが確められたような気がして、島一は、

（勝ち越せるな、今場所は——）

と自信が湧《わ》き上ってきた。

稽古は全くしていないのと同じだが、大関までとった力士としての経験が、鋭いカンとなって働き、上位の力士達とは闘わない現在の位置だけに、あと十四日間に闘う相手を、ざっと頭に浮べながら、今場所は、久しぶりに良い相撲がとれそうだな、と思った。

呼出しが次に登場する力士の名を呼び上げ、勝ち力士として居残った島一は、土俵に上った芳野嶺《よしのみね》に水をつけてやった。

芳野嶺は同じ高島部屋で、島一が手をとって教え育て上げた青年力士である。五尺七寸、二十四貫の軽量だが、相撲は実に巧《うま》い。

顔面を紅潮させている芳野嶺は、島一が渡す力水の入った柄杓《ひしゃく》を受け取るとき、島一に一寸《ちょっと》頭を下げた。兄弟子、というよりも、師匠といってもよい島一への敬意が籠《こも》っている。

ついで島一が力紙を渡してやると、芳野嶺は眼を上げて島一を見た。

（良い相撲をとれよ）

と、島一は無表情のようだが、芳野嶺だけにはわかる愛情の溢《あふ》れた一瞥《いちべつ》を残してから、土俵に一礼し、花道を引き上げて行った。

花道の両側から島一の勝利を喜ぶ見物の拍手と喚声が一斉《いっせい》に浴びせられる。

花道の後方に島一を待っていた部屋の若い者や、十両の羽子錦《はねにしき》が、もう嬉《うれ》しくてたまらないといったふうに島一を囲んで仕度部屋へ引き上げて行った。

島一が仕度部屋の浴室で汗を流していると、羽子錦が首を出して、芳野嶺が北《きた》ノ洋《なだ》に勝ったと知らせに来た。

淑子は、良人の勝負をテレビでも見ないし、ラジオでも聞かない。力士の細君は、ほとんど誰でもそうだ。

「奥さん、関取ネ、勝ちましたですよ、勝ちました」

と、女中《ねえや》の幸子《さちこ》が二階から駈《か》け降りて来て、応接間の横の便所に隠れている淑子に知らせた。

淑子が便所に入っているのは、隣家の炭屋のラジオが、がんがんと鳴り響いて、厭《いや》でも勝負の状況が窓を越して耳に入ってくるからだ。

「ほんと？」

淑子が飛び出して来ると、日本間からこの家の女主人が出て来て、

「よございましたネ、奥さん」

と祝ってくれる。

女主人は五十年配で茶と花の師匠をしている。島一と淑子は、ねえやと三人で、この家の二階二間に同居しているのだ。この家《うち》は、国電の飯田橋駅から十分程の、神楽《かぐら》坂《ざか》の花街の近くの、住宅街と商店街の境にある。

大関の位置から平幕に落ちたいまは、収入も、ぐっと減っているし、新築するわけにもいかない。けれど、境遇によって、いくらでも生活を転換させることは島一にとって苦痛でもなんでもないし、淑子も反《かえ》って、小ぢんまりと静かに暮している現在が楽しい位なのである。

ねえやが色白の丸い顔を昂奮《こうふん》させて、

「よかったですネ、奥さん――やっぱりこちらへ引越して来たのがよかったんですネ」

「そういうわけでもないんだろうけどね――」

十六の時から福岡の実家で働いていて、淑子が結婚したとき一緒について来てくれ、家族も同様なねえやは息をはずませて、

「そうですよ、前の千歳町《ちとせちょう》の家は、たしかに家相が悪かったんですわ」

「そうかしらね。でも、ほんとに、千歳町に住んでいた間は、関取の体もよくならなかったし、悪運続きだったわ」

後援会の人にすすめられて千歳町の家を、もと名寄岩《なよろいわ》の、いまは年寄で検査役をしている春日山《かすがやま》に売って、この家に同居するようになったのは、去年の秋からである。家相が悪いのだそうだが、縁起をかつがない島一も、千歳町の、何処か、じめじめした暗い感じの家に愛想がつきたらしく、あっさりと移転を承知したものだった。春日山は、こんなことを気にせずに、全部新築し直して住んでいる。

間もなく、島一は、巴若《ともえわか》と三門山《みかどやま》という若い者を連れて帰って来た。

「お帰りなさい」

「うん」

勝ってよかったですネ、などと、淑子は聞こうともしないし、島一も勝負にはふれない。ただ勝って来たときはむっつりと黙っているし、負けたときは、よく朗らかにしゃべり、冗談もいう、という違いがある。

島一の、帰宅後の仏壇への礼拝が済むと、洋間の小さな応接間で、テレビを見ながら、みんなで夕飯をはじめた。

テレビでは若ノ花と、鳴門海《なるとうみ》の勝負がはじまっている。

「平幕に落ちると、家へ帰って、ゆっくりテレビで後の相撲が見られるのは、いいね」

と島一がいう。明るい冗談である。みんな、笑った。

島一は、五月の節句に飾る金太郎人形の掌《てのひら》を何十倍かに拡大したような大きくてムチムチした手の指で箸《はし》を操り、好物の大根の味噌《みそ》汁《しる》を吸っている。若ノ花が豪快な〝揺り戻し〟で鳴門海を転ろがしたとき、島一は、

「強いな、実に強いものだな」

と、つぶやいた。

九月十七日（二日目）

この日、仕度部屋にいると、或《あ》る少年雑誌の記者が、インタビュウに来た。島一には少年ファンが実に多い。負けが続いて、相撲としての位置が下へ落ちれば落ちるほど、子供達の人気が盛んになる。この点、往年の名寄岩の人気とよく似ている。原因は二人とも子供が大好きだからだ。子供のファンには必ず返事も出し、サインの求めにも応じてやるのも同じだ。決して面倒臭がらない。子供のファンレターは一枚一枚、丹念に読み整理している。島一には、まだ子供が生れないだけに、ひとしお子供達への愛着は深い。例によって、島一は、この記者から〝生い立ちの記〟を、いろいろと

聞かれた。

島村島一は、東京都荒川区南千住《みなみせんじゅ》で大正十一年二月に生れた。

長男だが姉が二人あった。

父親の重久平は、群馬県渋川《しぶかわ》在の農家の出だが、二男坊だったし、母親のきよと結婚してからも生活が苦しく、どうにもならなくなって上京し、南千住で小さな八百屋を開業した。

大正の初期である。

第一次世界大戦からロシアに革命が起り、ソヴィエト政府が樹立されたかと思うと大戦後の不況時代が続き、島一が生れた翌年には関東大震災が起った。

両親は、その若い時代を馴《な》れない東京での商売にかけて、ひどい苦労をしたものらしい。島一が物心がつくようになったときには、どうにか商売も、ささやかにやって行けるようになってはいたが、父親は、自分が、その腕一つを頼りに嘗《な》めてきた苦労を、この長男の島一にも嘗めさせ、どんなことがあっても世の中の濁流に溺《おぼ》れ込まないようにしようと考えた。

島一は、幼時から、父親の厳格なしつけを受けることになった。スパルタ式である。

日常の礼儀作法が実にやかましかった。

食事中に、前後の礼を怠ったり、少しでも膝《ひざ》を崩したりすると、いきなり父親の拳《こぶし》が飛んで来る。

後年、上の学校へ上るだけの経済力がないので、高等小学校を出ると、すぐに家業を手伝いはじめた島一が、或時、買って貰《もら》ったばかりのゴム長靴《ながぐつ》を外出先で紛失してしまったことがある。十五歳の時だ。

父親は、

「汗みず流して、やっと余分の金をつくり、買ってやったゴム長だ。お前は金持のお坊っちゃんじゃないんだぞ。あのゴム長が、どんなに大切な品物か、わからんのか。買ったばかりの大切な物を、よくも、お前は、うかうかと失《な》くなしたもんだ。しっかりせえ」

怒って怒鳴りつけるという口調ではなく、厳しく岩のように固い声でいい終るや否《いな》や、父親は、狭いが清掃の行き届いた店先から太い棍棒《こんぼう》を持ち出して来て、続けざまに島一を撲《なぐ》りつけた。

夕暮れ時で、長姉のとみは、もう嫁に行っていたが、十七歳の次姉のとよ子や十三歳の弟の平吉、九歳の妹の梅子などが恐怖の眼を見開いて部屋の片隅《かたすみ》から父親の折檻《せっかん》を見入っている。

島一は逃げようともしないで、この頃から、めきめき肥《ふと》り出し、十八貫で五尺三寸という体を石のように固くし、眼をつぶったまま父親に撲られているのである。

母親のきよは、眼に涙を一杯浮かべて黙ったままだ。母親は良人《おっと》が子供達に与える厳しいしつけを止《や》めさせようとしたことは一度もないが、その代り、無言の愛情をもって子供達に接した。貧乏な中で、毎日の衣食住について全力を尽し、子供達が健康に育って行くことに細やかな神経を配ったのである。父親もまた、妻のすることには何一つ文句をいったことはない。

「どうだろうなア、島ちゃんを相撲取りにしてみたら――」

と、近所で煙草《たばこ》屋をしている藤井忠造《ふじいちゅうぞう》という中年の男が、しきりにすすめに来ては、父親を口説きはじめたのも此頃《このごろ》だった。この人は、十両までとった相撲上りで、相撲界とも今だに関係があるらしく、高島部屋への入門を力説した。

「近所に住んでて、島ちゃんが、十五や十六で、全く感心する位に家業を手伝ってるのを見ているしさ、これなら相撲ンなっても辛抱出来ると思うんだがね、私は――高島部屋ってのは小部屋だが、それだけに親身なところがあってね、いまの親方は前に八甲山《はっこうざん》と言って幕内にいた人だが、実によく出来た人なんだよ。どうだろう、島村さん――」

父親は、何時《いつ》でも、この申し入れを、丁重に、しかもキッパリと断わり続けたので、終《しま》いには藤井もあきらめたらしく、来なくなった。

島一にしても、まだこのときは相撲のすの字にも興味はなく、ただ一つの野望は職業野球の選手になることだった。

小学校時代から、バスケットボールや競走や野球が得意だったし、また、こうした足の素早い動きを必要とする運動神経も悪くなかったようだ。

とにかく八百屋で一生を終るのは厭だった。

「名をあげることも、出世することも出来やしないからネ。自分の力を出せば出すほど、上へ上へと昇っていける仕事をやりたいんだヨ」

と、島一は、よく当時仲の良かった小学校時代の同級生に話したものだ。

しかし、父親は家業をつがせるつもりらしく、毎日、暗いうちから起きて市場への買出しから客への応待等《など》、細々と島一に教え、督励した。この買出しが島一に早起きの習慣をつけ、のちに力士の卵になってからも早起きだけは苦痛に感じなかった。

十六歳になると、めきめきと肥り出し、体重が二十貫を越え、身長も五尺四寸余りになった。再び煙草屋の藤井が食指を動かしはじめ、今度は、直接に島一を誘い出しては、しきりに相撲社会の良さを強調して焚《た》きつける。

こういうケースで入門した力士は随分多い。力士として、何かの理由で出世し切れずに他の社会に移った人々は、自分が遂げられなかった夢を、体のいい見込みのありそうな若者の中に見出《みいだ》すのであろう。

「男として、こんな立派な商売はないぜ、島ちゃん、いいかい、そりゃ辛いこともある、並々ならねえ苦しみもある。けどさ、自分の力が正直に実になって、そのまま裸一貫で出世出来る商売なんてザラにあるもんじゃないぜ。君は利巧な子だから、この世の中が、どんなもんか、大体、わかるだろうと小父さんは思っている。それだけ立派な体をしてさ、勿体《もったい》ないよ」

昭和十二年の当時は、横綱・玉錦《たまにしき》の全盛時代が、関脇《せきわけ》の双葉山《ふたばやま》の破竹の勢いに脅《おび》やかされはじめたときで、双葉山はこの年の一月に大関に昇進し、あの六十九連勝の火ぶたを切って進みはじめたときだった。

煙草屋の巧みな、熱誠のこもった説得に、島一は今まで無関心だった相撲の社会に魅了されはじめた。

二月の始めになり、島一は、父親に相撲になりたい、と申し出たが、勿論《もちろん》、父親は許さない。母親もこれには大反対である。

島一は、もう決心していた。八百屋の仕事を怠けはじめたのである。野菜や果物を法外な安値で、客に叩《たた》き売りをしたりして父親を困らせた。

怒られて撲りつけられ、しまいには静坐《せいざ》させたまま五時間も六時間も便所へも行かせないという折檻を加えられても、ガンとして止めない。黙々として怠け、叩き売りを続ける。

島一が、はじめて父親に示した反抗のしぶとさには、さすがの父親も音を上げてしまった。

父親は、やがて、自分から相撲社会の実体の調査に乗り出した。知人の話や、両国辺の各部屋の稽古場《けいこば》のあたりをうろついて来たりして、父親なりに、この社会がいかに厳しく苦しいものかということを見極めてから、島一に、こんこんと話し、

「出世々々と一口にいっても大関や横綱になるのは千人に一人か万人に一人という位だ。おれがお前を撲るのとはわけが違う、いや比べものにならないほど強《きつ》い目にあわされるんだぞ。それでも行くつもりか?」

「行きます」

「厭だなんぞいって、途中から逃げ出して来ても、おれは家へ入れんぞ。このおれがいうことだ。嘘《うそ》をいってるんじゃないこと位、お前もわかるだろ?」

「わかります」

「でも行くか?」

「行きます」

テコでも動かない島一に、とうとう父親もサジを投げた。

父親に連れられ、東両国の高島部屋の門をくぐったのは、この年の四月二十八日である。

親方の部屋で暖くもてなされ、親方と父親と三人で昼飯を食べ、父親は帰って行っ

た。父親は息子の今後を丁重に親方に頼むと、島一には眼《め》もくれずに表へ出て行った。

「送って行っておやり」

と、親方が優しくいってくれたので、父親の後について部屋を出ると、前を歩いて行く父親の後姿が、しょぼんと淋《さび》しそうだった。

玄関までついて行き、

「お父さん。じゃア僕――」

これで、当分、家へも帰れないから――というつもりだったが、父親は、すぐに振り向き、黙って、大きくうなずき、穴のあくほど息子の顔を見守った。父親の眼が、こんなに愛情を一杯にたたえて自分を見たのは、島一にとって生れてはじめてのことである。

父親が出て行ったあと、島一は、物心ついてから、これもはじめての、声を出してオイオイと泣いた。

この年の五月には初土俵、翌昭和十三年夏の新番付から三根山と名乗って、現在まで、二十年間の力士生活だが、島一は、自分が、この道を選んだことを幸福だと思っている。

人間、一生の仕事が決まるまでには、幾多の変転もあり無駄《むだ》な月日を空費することもあるのに、第一回のスタートが、そのまま自分の人生の生甲斐《いきがい》になったというのは、実に運が良かったことだと、つくづく、そう思っているのだ。

父親は、昭和十五年の夏、島一が入幕するのも待たず病死した。永い間の苦労で肺をいためたのである。

二日目の相手、大蛇潟金作《おろちがたきんさく》は、島一より三つ上の三十七歳の老雄である。永い間、右膝の疾患に悩まされ続けて幕内の中位以下を往来しているが、誠実な、見るからに温厚な人柄《ひとがら》であり、いささかもケレン味のない相撲に全力を尽す力士だ。禿《は》げ上った額の下に色白の大らかな顔が、ゆったりと闘志を潜ませている。

幕内十年の、しかも礼儀正しい作法を少しもゆるがせにしない両力士が相対して仕切りに入ると、勝負を度外視した風格の立派さが、国技館の場内一杯に、ふっくらと漂いはじめる。

右膝に巻いた繃帯《サポーター》が白く島一の眼に入る。大蛇潟は、今場所、また膝が悪化したという噂《うわさ》もある。

時間一杯で立ち上り、島一は容赦なく突き進み、一気に寄り切る。

勝ち力士として残り、今日も愛弟子《まなでし》の芳野嶺に水をつけてやった。

芳野嶺は、この日も宮錦《みやにしき》を寄り倒して勝ち、十両の羽子錦も勝ち続けている。

仕度部屋へ引き上げて帰り仕度をしていると、現在の親方で、島一が入門当時は巴

潟と名乗って現役をつとめていた高島親方が上機嫌で顔を見せ、

「三根、体を気をつけてな」

と、しみじみという。

「大丈夫ですよ」

「おかみさんも元気だな?」

「はあ」

「うむ、うむ――」

何度もニコニコうなずいて親方は出て行った。

親方は部屋の運営についても、全幅の信頼を、島一に寄せているのだ。

九月十八日（三日目）

三日目は潮錦《しおにしき》と闘った。過去の二戦は島一の勝ちになっている。

潮錦は、一寸《ちよつと》若い頃《ころ》の羽黒山に似ている。時津風部屋の力士で島一より二つ下の三十二歳。腕力が強い。左四つからの上手投げが強烈だ。小細工をしない。どんな相手にも堂々と正面から立ち向う。

体は大きいが力がなく、ただ、立ち上っての足の素早い突進が唯一《ゆいいつ》の武器であり、

〝怒濤《どとう》の寄り身〟などといわれた島一の相撲にとっては、安心して相手の変り身を警戒せずに飛び込んで行けるわけである。

この日も突進する島一を、潮錦はまともに受けたが、そのときは島一の両手は電光のように相手の腕の下へ入り、息もつかせずに寄り進んでいた。

潮錦は寄られながら体《たい》をひらき、島一の右腕の上から、島一のまわしを摑《つか》み、猛烈な上手投げを放った。

ここ一年ばかりの、座骨神経痛に冒され尽した島一の腰は、もろく崩れるようになっていて、この数場所の経験からいうと、これだけの投げには耐えられない筈《はず》なのだが、瞬間、左足が相手の投げの力と呼吸を合せて、うまく運び、腰は、しっかりと崩れず、島一は、この投げを残したとたん、腰をひねるようにして、肥《ふと》った腹を、二十七貫の自分より軽い潮錦の体に押しつけ、両手でまわしを引きつけて吊り上げながら土俵際《どひょうぎわ》へ一気に運び、そのまま寄り切った。

今日も勝ち力士として大瀬川《おおせがわ》に水をつけてやる。愛弟子の芳野嶺が、今日は東の土俵で水をつけて貰っているのを、ちらッと見やってから、島一は退場した。

花道で拍手と歓声が嵐《あらし》のように浴びせられる。島一の場合、負けたときでも、この見物の声援は変らないといえる。

病気にさいなまれ、転落しながらも、少しも自暴自棄にならず、誠意をこめて闘い、再起を目指す島一に、見物は無意識のうちに〝人生〟を感じているのだ。

苦しいことや辛《つら》いことのない人間は、この世の中に一人もいないといってもよい。

この国技館の見物の一人一人が、必ず苦悩を持っている筈だ。一場所何万円かの金をかけて桝《ます》を買い切り見物している人々でもそうなのである。

人間というものは、生れたときから〝死〟に向って進みはじめる。この行程が人生というものである以上、世の中へ出て、自分の力で飯を食べている人間なら、苦しみのない者はない筈である。

肉体の力が、そのまま直接に、その生活と人生に響いてくる力士の姿には、本能的に見物の眼と心が吸いつけられ、勝負を争う力士達の相撲の取り方を見ただけで、敏感に、その力士の人柄まで見透《みとお》してしまうのだ。それだけにまた、力士の人柄と日常の生活というものが、その体と顔と、相撲ぶりに、ハッキリと現われるので（恐ろしい職業だな）と、しみじみ、島一は思うことがある。

今日も、花道の後方に、自分の部屋の若い者が待ち構えていて、抱え込むように島一を包んで仕度部屋へ引き上げる。

この大先輩の病気と勝負への心配が、若い者達は、自分の勝負以上に気にかかるらしい。

この日は、十両筆頭にあって、この場所の勝ち越しが決まれば、宿願の入幕も果せるという羽子錦が、昨日の大戸崎《おおとざき》との戦いで、右のひじを脱臼《だっきゅう》してしまい、とうとう休場になった。

幕内力士になることが、まず力士としては第一の目的であり、これで天下晴れての相撲取りになって衆目の眼を引きつけるのだから、この二十一歳の、五尺九寸、三十貫という恵まれた素質を持つ島一の愛弟子は、泣くにも泣けないような蒼《あお》ざめた顔で、国技館からの帰途、見舞いに寄った東両国の高島部屋の二階の部屋で、島一を迎えた。

「残念です、関取――僕、残念です」

温和な性格だが、島一に鍛えられて、昭和二十七年に初めて土俵を踏んでから、序二段、三段目、幕下、十両と、とんとん拍子に昇進して来た幸運児だけに、折角のチャンスを怪我《けが》の為《ため》に逸したという気持で、蒲団《ふとん》にくるまっていても口惜《くや》しくて口惜しくて、たまらないのだろう。

「痛むか？」

と、島一は聞いた。

「はあ――少ウし――」

「よし、よし。さ、寝てろ」

「関取。僕、口惜しくて――」

「何が？」

「今場所の休場は辛いです」

と、羽子錦は、丸い童顔をゆがめて、焦《じ》れったそうにいう。

「休場が決まったいまとなっては、かえってお前の為になるんだ」

島一は、光る眼を愛弟子に射つけた。稽古をつけて貰《もら》うときには、人が変ったように凄《すご》くなる島一の眼と同じような眼だ。羽子錦はゴクリと唾《つば》を呑《の》み込む。

「お前にとってはな、この休場はいいことなんだ。どうして怪我をしたか、それをお前は身に沁《し》みて考えるだろう。それがいいんだ。病気と怪我は相撲にとって、どれだけ重大な不幸を持ってくるか、こいつはお前、よくわかってる筈だろ?」

「はあ——」

「おれを見ろ、おれを——おれはな、終戦当時、国技館は進駐軍にとられる、相撲取りも、戦争に出たり辞めたりする、食い物はない、金もないというときに、もうとても相撲取りは駄目だと、ヤケになったことがある、そいつが、いまの病気にたたっているんだ」

「はあ——?」

島一は、何時《いつ》もの暖い表情にもどり、ゆっくりと、

「ヤケになって、メチャメチャに酒を飲んだ。カストリでもドブロクでも浴びるように飲んでな、そいつがもとで、腎臓《じんぞう》と肝臓をやられたんだよ。内臓が悪くなると、ど

うしても怪我をしがちになったしな、神経痛も出てくる、リュウマチも出てくるというわけだ。気のゆるみから病気になり、それがもとで怪我をする。何度も入院し、灸《きゅう》や鍼《はり》も穴があくほど打ったけど。血気に任せては、すぐに土俵へ出たもんだから、おれもこんな体になっちまったんだぞ。おれも、これからは徹底的に病気を癒《なお》すつもりだ。お前の場合は、病気から出た怪我じゃないが――」

と、島一は、また厳しい眼の色になり、

「お前は、あまり順調に進み過ぎたキライがあった。順調に進むのはいいことだが、人間ってやつは、そうなると、どうしても気持がゆるむもんだと思う。どうだ？　羽子錦」

羽子錦は、うつ向いてしまっている。

「今度の休場について、お前、いろいろと考えてみろよ。いいな。おれはな、この休場は、将来、きっと、お前の為になると確信してる」

力強くいってやり、肩を軽く叩いてやってから、島一は部屋を辞去した。

空は曇っていて、昨日の雨が、また降り返してくるように薄ら寒かったが、腰の痛みが出てこないのが嬉《うれ》しかった。

平幕に落ちてからは、収入も少くなってきたし、すべてに於《おい》て生活を切り詰めることにしていたが、大事をとって、車《ハイヤー》を拾い、白銀町へ帰った。

九月十九日（四日目）

ぬぐったような秋晴れの青空になった。

朝、起きると、冷気が増し、体も心も引き締まり爽快《そうかい》だった。

例によって、島一が、今朝はホウレン草のジュースを飲んでいると、ねえやが駈《か》け上って来て、

「長沢先生から御電話です」

「そうか」

あわただしく階下に降り、玄関にある電話を取り上げると懐《なつか》しい、落ちついた、おだやかな長沢氏の声だ。

「調子はいいようだね？」

「はあ。非常によろしいのです」

「無理は、絶対しちゃいけないよ」

「はい」

何時の間にか、淑子も傍《そば》へ来て、一寸、指を島一の帯にかけて、のぞき込むように、電話で話している島一の顔を見上げている。

長沢滋氏《ながさわしげる》は、駿河台《するがだい》の日大病院の院長である。島一が幕下にいた頃からのファンである。入幕してからも、小結を六度、関脇を四度というように、上っては下り、下っては上る成績が示しているように絶えず病患に悩まされてきた島一を、実によく親身になって面倒を見てきてくれた人だ。

この夏、痛む腰を引き擦っても北海道の巡業へ参加するつもりで、別れの挨拶《あいさつ》に日大病院を訪ねると、一目顔色を見てすぐに診断を受けさせられ、入院をすすめられてしまった。さすがに困惑を隠し切れないで、黙っていると、

「悪いことは関取自身、よくわかってるんだろう?」

と聞かれた。

「はい」

「なら、何故《なぜ》治療しないんだ」

「巡業へ出て、トレーニングしてないと、秋場所には出られません。出ても負けます」

「休めばいいじゃないか――」

「はあ――しかし、それは――」

「関取は、ふだんからよくいってるじゃないか。はじめに病気の手入れを充分にしなかった為に、それが後になり、こんなに大きく響いて出て来る。力士の怪我や病気の

全部が、それだと思うって——」

「はあ。しかし、相撲取りにとっては、休場は実に辛いんです。どうしても出たくなるものらしいんですね」

渋く苦笑して島一は、

「休んで治療すればいいってことは、私もよくわかってるんですけれど——」

「じゃ、治療し給《たま》え」

「でも、今度、休むと、もう幕尻《まくじり》へ落ちてしまいます」

と島一は、少しも陰気な調子ではなく、むしろ冷静に、淡々として、

「そうなると、もう十両へ落ちかねないんではないですか、先生」

「いいじゃないか、また上って行けば——関取にも似合ないな」

そういわれて、島一は、とっさに心が決まった。大関から転落したときも、負け惜しみではなく、

「この体で、あんな相撲をとってたんじゃ、落ちるのが当り前だよ」

と淑子にもいったものだが、それ以来、去年の秋場所の全休場を含めて、いまは前頭十枚目まで落ちた自分に、少しも悲哀感が湧《わ》かないのである。

番付の位置というものは、いままでの自分の実力の冷厳な評価と表現であると思っている。強くなれば上るし、弱くなれば下る、というのは当り前のことで、全力を尽

して相撲をとることだけしか考えてはいない。こういう心境になったのは大関を落ちてからで、その前の、関脇、小結を落ちたり上ったりしていた頃は、そうではなかった。苛《い》ら々してヤケになりかかることも無かったとはいえない。しかし、あまりに病気と番付の上り下りがひんぱんなので、その激しい肉体と精神の訓練に耐え抜けて来られるようになり、平幕に落ちて、大関時代には顔も合うようなことのなかった力士達や、新進の青年力士と立合うようになっても、気持が実に落ちついていられるのが自分で嬉しかった。

しかし、一場所でも休むのは辛い。というのは、それほど相撲をとるのが楽しいからである。こんな面白いことが一体世の中にあるのだろうかと、つくづく思うことがある。

「直径十五尺の土俵の中でさ、体の力と精神の力を全部出し切って闘うんだものな。この土俵という制限があるので尚更《なおさら》面白いのだね。体や力ばかりでなく精神や技術が物をいう。小さいのが大《でか》いのを、ころころ転ろがすんだからね。場所が終れば、すぐに次の場所に備えてのトレーニングで緊張のし続けだから一年中刺激があって退屈しない。いい仕事だな」

そんなことを、島一は、何時だったか、ひょいと淑子にも洩《も》らしたことがあったものだ。

六月十三日に、長沢院長の計いで、三階の特別室に入院した。

病名は、（変形性脊椎炎《せきついえん》、兼、座骨神経痛、筋肉リュウマチ）というのである。

起《き》温波《おんぱ》と低周波の電気治療と食前食後の投薬。栄養剤の注射を受け、規則正しい療養生活に入った。

秋場所の出場は断念した。

座骨神経痛は、昭和二十四年の夏に、横綱の照国と闘って腰を捻挫《ねんざ》したのが原因だが、この前には羽黒山、千代ノ山、東富士《あずまふじ》などと闘って足や腰を折ったり捻挫したり、さんざんにやられている。戦後の無茶な酒で内臓を痛めたのを根治しなかったことが、しつっこく糸を引いていたわけである。

長沢院長は、まだ現在でも悪い腎臓と肝臓にも充分な注意を払った。食餌《しょくじ》療法と注射で、内臓の悪いところを根治しようと、この不運な力士の治療に力を注いだ。

入院当時は、灼熱《しゃくねつ》のような、突き刺されるような激しい痛みが、膝《ひざ》の裏や、くるぶしのあたりを襲って、苦痛を表に出さない島一も、淑子やねえやのいないときなどは、思わず唸《うな》り声を上げるほどに切なかったものだが、一カ月ほどの入院で、頭痛や、めまいもとれ、体の腫《む》みもひいて、血圧や心臓の工合も良くなってくると、神経痛の方も薄紙をはぐように楽になったのである。

七月の中頃《なかごろ》になると、何んとなくトレーニングをはじめた。勿論《もちろん》、長沢院長には黙っていた。

「出よう」という決心もつかず、といって「休もう」という気持でもない。肉体の復調につれて、本能的に本場所での戦いを目指して行く、入門以来二十年間の力士生活が、そうさせたのだろう。

早朝、まだ暗いうちに起きて、一人切りで、駿河台から九段下を後楽園に抜け、ニコライ堂あたりへ戻って帰院する。散歩である。

十日ほどたって散歩の他に屋上へ出て柔軟体操をやりはじめた。

体の調子はよく、食事もうまく、目方も増えはじめた。

この頃、柔軟体操をやっているとき、膝が両方とも自由に動き、曲らなかった腰が、楽に曲がることを発見した。

(出られるかも知れないぞ)ふと、思った。

永い土俵生活と、大関を八場所もつとめた島一だけに、足の力さえついてくれれば出ても負けないという自信がある。前頭十枚目という位置は、横綱や役力士とも顔を合せないで済むし、中位以下の力士との勝負が多いだけに、充分やれると思った。足が思う通りに出て行ってくれれば、もともと肥《ふと》ってはいるが骨格なども立派ではなく、力も弱い島一だから立上って機先を制する足の動きさえ取り戻せば、

「他の力士は知らないが、私にとっては土俵へ上ったら、力が三分で気力が七分なん

です」

と、何時か新聞記者に語ったこともある島一だけに、

「今場所に出てやろう」

と、ひそかに決意するに至った。

翌日から、島一は、早朝、近くの明治大学の裏手にある、急な長い石段を上ったり下りたりするトレーニングをはじめた。

付添いに来ている部屋の若い者が、ハラハラする位、何度も何度も、これを繰り返した。

七月二十三日、淑子が急性盲腸炎で手術し、同じ部屋へ島一とベッドを並べることになった。経過は良好で、すぐに起きられるようになったが、この数日間、島一とベッドを並べて、ゆっくりと過した幸福感を、いまも淑子は忘れない。

股《もも》や臑《すね》も痛んだり、だるかったりして感覚がにぶかったのが、次第によくなり、足全体の感覚が、敏感になって力がこもるようになるのが、ハッキリとわかった。

八月に入ると高島部屋は青森の巡業に参加する。島一は、これに駈けつけて稽古《けいこ》に入るつもりになった。隠してはいたのだが、長沢院長はすぐに島一の心の動きを知ったらしい。病院へ出て来なくなった。

島一は、毎日のように淑子を病院の受付にやって院長の在院を確かめるのだが、い

つも不在である。

自宅へ行って退院の許可を、とも思ったが、淑子に、

「関取。先生が関取に会おうとなさらないのは、まだ退院しては駄目《だめ》だってことなんじゃないかしら」

といわれて、ハッとした。

島一が、自分の許可を得ずに無断で退院するような、非常識な男ではないと、院長は知っているので、面会を避けているのだ。

仕方なく、稽古は断念した。そして、院長の自分へかけてくれる愛情を有難いと思った。しかし、出場への自信は強くなるばかりだ。矢も楯《たて》もたまらない気持である。

八月末になり、院長は病院へ顔を出した。

思い切って出場の意志をのべると、

「だって関取、稽古もしないで――」

と、呆《あき》れたようにいわれた。

「足をトレーニングしました。大丈夫です」

「無理だろう?　だって――」

「決して、もう無理はしません。自分で自分にそう誓いました。場所中に、少しでも悪くなるようなら、すぐに休みます。とにかく、非常に体の調子が良いものですから

「──」

「ふむ」

と院長は、島一をじっと見て、

「無理はせんと誓うね？」

「はい。誓います」

気勢《きお》ったところもなく、淡々としているのは相変らずである。体が良くなれば相撲をとるのが自分の人生なのである。

院長は許可した。

八月の三十一日に退院し、九月一日から高島部屋へ出て稽古をはじめた。少しずつ、芳野嶺や、羽子錦、伊勢錦などを相手に稽古をやり、場所がはじまってから稽古の回数を増やすようにした。

親方はじめ、部屋全体の力士達が、彼の復調を祈ってくれている。

「有難いもんだと、つくづく思うねえ。これといって、どうということはないんだが、親方も若い連中も、みんな、おれの再起を祈っていてくれる。心から励ましてくれている。みんながおれを見ている眼《め》つきで、こいつがハッキリとわかるんだよ。身の廻《まわ》りの世話をしてくれる若い者にしてもだな、前と同じことをしてくれるにすぎないんだが、しかし、その動作、言葉使いなんかが、どこか違うんだね。おれが大関を落ちてからこっち、それが実によくわかる。嬉しいし、有難いんだよ、おれは――つくづく相撲取りになってよかったと思うよ」

九月一日、初の稽古に出て帰宅してから、島一は、しみじみと淑子にいったものである。

場所が始まり、三日続けて勝ち越しているだけに、自信は日毎《ごと》に強くなってきている。

「体も調子がいいのですよ、先生――今場所は勝ち越せましょう」

と、島一は電話の向うの長沢院長へ、静かにいった。

「ほんとかい、関取。嬉しいことをいってくれるじゃないか」

「大丈夫です」

「うむ。じゃアね、しっかりやり給え。君が元気なら、それでいいのだよ。しかしね、まだ本当に癒り切ってはいないんだから、充分に自重してね。いいかい」

今日は、島錦が相手だった。高砂部屋の二十八歳、三十四貫の、むちむちと肥えた力士で、芝居に出て来る長屋のおかみさんのようなユーモラスな風貌《ふうぼう》をしている。眼が女性的で優しい。負けると弱そうに見えるが、ときどき眼を見張るような強い相撲ぶりを見せる男だ。

時間一杯で立ち上ったとたん、あきらかに立ち遅れたと感じて、島一は（しまった）と思った。島錦が飛び込んで来て右腕を島一の左腕の下へ差し込み、島一のまわしを引きつけた。島一の得意の左四ツになれないばかりか、相手のまわしが摑《つか》めないのは、島錦が腰を引いているからだ。

しかし、瞬間、島一は腹を押しつけ、不利な体勢ながら猛然と寄って出た。勝負が長引けば、病後の、稽古もしてなく、まして非力の島一にとっては不利にきまっている。

いまは亡《な》くなったが、戦後、親しくしていた小説家の坂口安吾《さかぐちあんご》が、島一に、

「たまには投げて勝ってくれよ。立ち上って一秒か二秒のうちに寄り切らないと君はいかんのだからな。おれはね、君の勝負のとき、一、二秒で、ワーッと見物の声があがらないと、ラジオを止めちまうんだよ」

と、いったことがある。それほどに、かつての島一の足の運びは素晴しいものだったわけだ。

島錦は島一の寄りをこらえ、ここで激しい上手出し投げを放った。

投げられて、ぐらッと島一の腰が揺れて、かたむきかけたが、そのとき、やっと相手のまわしを摑んだ右腕に全身の力をこめて下手投げを打ち返すと、島錦は転倒した。

「三根山ア」と、カン高い行司の勝ち名乗りを、二字口《にじぐち》にしゃがんで受けながら、島

一は、

（この一年間のおれなら完全にやられていたところだ。あの投げをよく残せたな。腰も足も、これなら相当いけるぞ）

かたむいた髷《まげ》を丁重に下げて、行司の軍配に礼をしながら、島一は自信に満ちてきた。

翌、二十日――島一は、花籠《はなかご》部屋で復調の声も高い荒ら業の若ノ海を寄り切り、六日目の二十一日には吉井山に勝った。

九月二十二日（七日目）

この日は、朝から糠《ぬか》のような雨が降ったり止《や》んだりして、冷気が強くなった。

島一の腰の痛みが、この冷気に呼び醒《さ》まされはしないかと、淑子は心配したが、島一は元気で部屋での稽古に向った。そのあとで、昨夜、東京へ着いたばかりだという福岡の淑子の実家の知人で、太田進という人が訪ねて来た。沖縄向けの小さな貿易などしている中年の人で――仕事の用事で上京したのだが、東京の知人が、ぜひ、稽古場が見たいというので、よろしかったら見せて頂けまいか、といって、二、三人連れて来ている。太田は父親とも親しく、淑子も子供の頃からの顔馴染《かおなじ》みだったし、すぐに淑子は仕度をして、太田の乗ってきた車に同乗し、高島部屋へ案内し、親方の夫人と少し雑談してから白銀町へ引き返して来た。結婚以来、良人《おっと》や部屋の者の稽古の有様は見たことがない。何んだか怖いような気がするのだ。

昼すぎに、太田は一人で戻って来て昼飯を招《よ》ばれ、福岡へ帰って行ったが、六帖《じょう》の座敷で天丼《てんどん》を食べながら、血色のよい、でっぷり肥った顔の短く苅《か》り込んだ髭《ひげ》をつまみ、首を振って、唸るように、

「しかしなア、淑子さん、私も関取の稽古を、はじめて見たがね。いや、本当のところ、全く驚いたよ」

「まあ――何がですの？」

「あの温和《おとな》しい、穏やかな、優しい関取が、若い連中に稽古をつけてるときは、いや凄《すご》いね、全く――あんまり激しくて、むごいほどにひどいもんだから、一緒に行った連中なんか、真ッ青になって見ていたっけ――」

「そうですか」

と答えたが、淑子も、島一の激しい稽古ぶりは、部屋の人々や後援会の口から耳にはさまないことはない。

何時《いつ》も、おっとりと優しい光りを宿している眼が裂けるほどに吊《つ》り上り、髷を振り

乱して弟子達を投げ、突き倒し、少しでも怠け心を出したり、安易な稽古の仕方をする者があると、容赦なく叱《しか》りつけ、撲《なぐ》り飛ばし、蹴転《けこ》ろがす。

怒声の凄《すさ》まじさには、馴《な》れているものでも震え上ることがあるという。汗と砂にまみれ、歯を喰《く》いしばって、稽古場一杯に、一瞬の緊張の解放をも許さない、島一を中心にかもし出す凄烈《せいれつ》な雰囲気《ふんいき》には、島一の稽古ぶりを何度も見ている人々さえも、むしろ、島一に叩《たた》きつけられ、撲り飛ばされる若い力士達に思わず同情してしまい、「早くやめてやればいいのに——三根関も、ひどいもんだな」と思うそうである。

しかし、稽古が終ったとたんに、見ている人々は、ハッと胸を打たれるのだ。

稽古が終了するや否《いな》や、島一の様子はがらッと変る。凄じい稽古のあとの、小さな怪我《けが》や打身に対する細かい注意と、くわい頭の取的にまで、自分から赤チンを塗ってやり繃帯《ほうたい》をしてやる、温情あふれるばかりの、弟子達への親身ないたわり方、神経の使い方には、思わず、涙ぐんでしまったという人もある。

太田も、しきりに感嘆し、

「いや、いい勉強したワ。全く、相撲というものは、ああいうものかと思ったよ、淑ちゃん」

などと、しみじみいって、やがて帰って行った。

島一は、よく、芳野嶺のことを、

「あの男は、よく俺の稽古を耐え忍んで来てくれたもんだよ。有難いと思ってるよ」

と、淑子にもいう。

入門当時五尺四寸、十六貫という軽量で、体格検査にも、やっと通れた位の芳野嶺が、小さな体で、現在の幕内では指折りの相撲巧者と闘志を讃《たた》えられるようになったのも、島一の激しい指導が実を結んだのだといえる。羽子錦なども、猫背《ねこぜ》の癖が、どうしても直らないので、砂の上に、うつぶせに寝かせられ、島一が、当時は四十貫もあった体を上に乗せてぎゅうぎゅうと押しつけ、羽子錦が悲鳴を上げて苦痛を訴えても、仲々許さなかったこともあるらしい。島一は、よく弟子達にいう。

「他の人と同じことをやってたんでは絶対に上へは昇れないよ。稽古の量と、自分の工夫と、日常生活のあらゆる面を、良い相撲をとるということに結びつけるんだ。辛《つら》いことだけど、力士になった以上、偉くならなくちゃ嘘《うそ》だものな。強くなり出世しなくては、この社会へ入った理由が成り立たないわけだからな。これは誰の為《ため》でもない、自分の為なんだよ」

島一は、この高島部屋という小部屋へ入門したことを幸福だと思っている。小部屋だから力士の数も少く、従って親方を中心に暖い親身の情が湧《わ》き、厳しくて苛酷《かこく》な稽古や修行を補うのである。

島一は、終戦直後のあの、混乱時代に、南千住の家《うち》に住んでいたが、部屋を焼け出されて行き所のなくなった若い者を数名引取り、自分から汽車に揉《も》まれて買出しにも行ったたし、梅錦という若者が肺病になったときなどは、自分も自暴自棄の暗澹《あんたん》たる心境で、ドブロクなどをあおっている中で、梅錦を、すっかり面倒を見てやり、病気を直して故郷の青森へ帰してやったこともある。こういう他人の面倒を見る金策などを、どんな社会の人々も衣食住に追われていたあの当時に、どうして島一がやってのけたものか、淑子にはわからない。こういう話は決して自分から話したことのない島一なのだ。淑子は、当時、島一に世話になった力士達から聞かされただけである。

公平に、終始、変ることなく、島一は後輩を愛しているらしい。

この夏、日大病院へ入院中に、ふと、島一は淑子に洩《も》らしたことがある。

「いまのおれは、地位も勝負も問題にしていない。ただ、いま面倒を見ている若い連中が、せめて十両になるまで、現役でがんばっていたいんだ。というのは、現役でないと、若い連中に強いことをいえないからな」

七日目は信夫山《しのぶやま》と闘った。立合は良かったのだが、復調目覚ましい信夫山は島一を双差《もろざし》にして土俵際《どひょうぎわ》に寄り詰め、足を掛けた。

白銀町の二階で編物をしていた淑子の耳に、炭屋のラジオが、この実況を「危い、

三根、危いッ」と、がなりたてたので、淑子は転ろがるように、また便所へ逃げ込んで耳をふさいでいると、ねえやが迎えに来て、

「関取、勝ちましたよッ」

「ほんと？　幸《さつ》ちゃん」

「信夫山さんの掛けた足を、そのまま持ち上げて廻り込んで今度は反対に信夫山さんが土俵際になっちゃって――」

「で、寄り出したのネ？」

「ハイ」

太い溜息《ためいき》の中で、淑子は、

(まだ関取の体は本当じゃないんだわ。でも、土俵際で、信夫山さんを残せたんだから、腰は痛まないらしいわ)

と思った。

六時頃、島一は、むっつりと帰って来た。

初日以来、後援会の人々も南千住の島一の母や弟妹《きょうだい》、浅草の姉なども、電話一つ、かけては来ない。これが毎場所の習慣である。本場所中の島一の神経を乱すまいとする心使いからである。場所中は酒宴の席にも、ひいきの人々は島一を呼ばない位に、そっと遠くから激励してくれているのが、夜になって降り出した静かな雨の音の中に、

ひしひしと感じられるのである。

島一は早く床に入った。疲れているらしく、久しぶりで、大きなイビキをかきはじめている。

イビキといえば、三年前に結婚した当時、淑子は、相当に悩まされたものだが、此頃《このごろ》は、余りかかなくなっている。

島一と淑子が結婚したのは、二十八年の六月だが、結納を交したのは二十一年の秋である。七年間も、お互いに待ったわけだ。そして、二人が初めて会ったのは、九年前の昭和十二年、入門したばかりの島一が、当時現役だったいまの親方の巴潟《ともえがた》に付いて、福岡の淑子の実家へ訪ねて来たときである。

淑子の父、岸本要吉は土建業で、当時は中国や満州にまで手を伸ばして仕事をしていた。日本の満州進出が着々と根を張りつつあるときだったし、景気もよかった。父は、もともと相撲好きで、高島部屋全体の後援者であり、場所が始まると、満州の出張先から飛行機で帰国し、国技館へ駈《か》けつけるというほどだし、高島部屋の力士達も福岡巡業の際は、必ず岸本家を訪れる。家は市内の平尾山荘《ひらおさんそう》通りというところにあった。島一が序ノ口になり、番付の片隅《かたすみ》に豆粒のように〝三根山〟と付け出された昭和十三年の秋、福岡巡業で、巴潟と共に岸本家に泊ったときのことだが――。巴潟は、

「お前、酒が好きなんだろ。今夜は大目に見てやるから、ウンと御馳走《ちそう》になりな」

といってくれた。このとき島一は十七歳だが、兄弟子達から面白がって飲ませられる酒の味を覚えて、隠れ飲みをやるようになっていた。

その夜、島一は、関取のお許しが公然と出たので一升も飲んだ。一度に、これだけの量を飲んだことはないので、ベロベロに酔いつぶれて、岸本家の人々の眼の前で引っくり返り、座敷の中で鯨のような体を大ノ字なりに転ろがせたまま、グウグウ眠りこけてしまった。

翌朝、巴潟は、福岡駅のプラットホームの人気のないところで、島一をステッキで撲りつけた。

「いくら、許しを得たからといって、お前のようなだらしのねえ奴《やつ》はない。おれに恥をかかせやがった」

と、生《き》一本で短気な性格をムキ出しにして巴潟は火のついたように怒った。

これを、先代の親方が見ていて、その場で、巴潟を叱った。

「責任者のくせに、自分の責任を若い者になすりつける奴があるか、兄弟子というもんはな、稽古《けいこ》つけるときばかりが兄弟子じゃないんだぜ。まだ人間が出来てない若い者の毎日の生活ってものにまで、責任持って指導してやるのが本当なんだ。責めるなら自分を責めろ」

嬉《うれ》しかった。巴潟が叱られていい気持だ、などというのではない。親方の温情が身に沁《し》みるように感じられたのだ。

〝若い者の日常にまで、兄弟子は責任を持つ〟という信条は、この日以来、現在までの島一の人生に重要なスペースを占めることになったのである。

巴潟も、また深く反省の色を見せて親方に詫《わ》び、島一を可愛《かわい》がることは少しも変らず、数日後の京都の興行に、風邪をこじらせ四十度の発熱をして寝込んでしまった、くわい頭の島一の枕頭《ちんとう》に二日も徹夜して看病してくれた。夜中に、ふと眼ざめると、氷嚢《ひょうのう》の氷を替える巴潟の、心配し切っている眼が、じっと島一を見守ってくれている。この眼の色を、島一は、決して忘れてはいない。汗に濡《ぬ》れた寝巻を替えてくれた巴潟の手の感触は、今でも、島一の皮膚に染《し》みついているような気がしている。

それから以後——毎年の福岡巡業には、必ず巴潟と共に岸本家を訪れた。

淑子は当時、女学校へ入ったばかりの頃だったが、島一については、いやに無口な、温和しい相撲の卵だ位にしか考えてはいず、また相撲にも興味など湧いてはこなかっただけに、昭和二十一年の春、高島親方となった巴潟を通じて、島一が婚約の申し込みをして来たときには一寸《ちょっと》びっくりした。父親も一人娘だけに手離したくなかったし、難かしく苦しい力士の家庭に淑子を入れるつもりはない。すぐに断わったのだが、島一は諦《あきら》めず、親方やひいきの人を通じて許しを得るべく奔走してくるのである。この熱心さには親方もほだされないわけには行かず、何度も福岡へ足を運んで来たものだ。

島一は決して自分では来なかった。何処《どこ》までも親方を通して淑子への情熱を示してくるのである。二人は、それまで、ろくに口をきいたこともない。福岡へ島一が来たときに、一言か二言ありきたりの挨拶《あいさつ》を交す位なものだった。しかし、島一は、岸本家へ泊る度びに淑子から受ける印象を、勝負の世界に生きる自分の将来というものに積み重ねていた。淑子の物にこだわらない明るく楽天的な性格の反面、両親のしつけからか、取的時代の自分にも礼儀正しい挨拶をしてくれ、食事のときなどに給仕をしてくれるさまにも、肥《ふと》った体がコチコチになるほど、一人前の客として扱ってくれた喜びを、島一は忘れ切れなかった。淑子のムラのない、おっとりした性格に強くひきつけられていたのである。激しく苛酷な勝負の世界に生きて行かねばならない自分の、又とない伴侶《はんりょ》と思われた。

終戦直後の約一年間、相撲なんか、もう、この敗戦の国の凄まじい世の中に息をついてはいられなくなるという絶望と、悪酒への耽溺《たんでき》の中から、一筋の希望が淑子にかけられていたといってもよい。二十一年の四月に京都で十一日間の大場所《おおばしょ》が挙行され、秋には接収されたメモリアル・ホール（旧国技館）での秋場所開催の見込みも立ち、どうやら相撲界にも、微《かす》かな希望がつながれるようになったとき、島一はこの決意を実行に移したのである。酒に溺《おぼ》れた生活もピタリと切り替えたが、しかし、このときには後年への疾患の芽が、ひそかに体内に育《はぐ》くまれていたのだった。当時の島一は、二十年の夏、西の小結から落ちて、西の前頭十枚目という位置である。

親方も愛弟子《まなでし》の為に懸命になった。

もともと相撲好きな淑子の父親は、母親の反対にもかかわらず、――必ず責任を持って不幸にはしない、三根山という男は、きっと大関にまで行ける男だからと力説する親方の熱情に、少しずつ負けて行ってしまった。

十月には結納が取り交された。

淑子は賛成でも不賛成でもない心境なのだったが、結婚という女の夢の中に、何時か、一年に二、三度、黙々として巴潟に付き添って来た島一の、取的から一人前の関取になるまでのイメージが回想され、無口だが、何処か暖く、自分の両親に応待する重味のある頼母《たのも》しい言動や、傍《そば》で見ていても胸が熱くなるほどの巴潟への敬慕の有様などが、次第に淑子の心を決めて行ったのである。

結納が済んだ十一月のメモリアル・ホールでの秋場所、島一はいやでも奮戦せざるを得なかった。生れてはじめての恋愛が実を結ぶことはめったにないことなのだが、島一の場合、ほとんど成功したといってもよいのである。この場所は十一勝二敗という素晴しい成績であり、翌二十二年夏には、二度目の小結昇進を果した。

「結婚は大関になってからさせて貰《もら》います」

と、島一はいい出した。

淑子との結婚と大関昇進との夢を結びつけて、死んでもこの目標へたどりつこうとしたのだ。

以後、七年間に渉《わた》って、二人の婚約が続いたわけである。

待つ方もだが、待たせた方も並々なことではなかった。小結、関脇、そして転落し、また小結と、芽を出しかけた内臓の疾患や打続く負傷の中で黙々として島一は精進した。殊勲賞四回。敢闘賞一回。輝やかしい戦歴も、この中に入っている。

父も母の小ひろも、この精進を厭《いや》でも知らされ、福岡へ来るたびに島一の人柄《ひとがら》に魅せられて行き、島一が、負傷や疾患に苦しみながら燃やし続けている闘志が、大関という目標と娘への愛情につながっていると思うと、両親は両親なりの苦悩にも耐え、一言の愚痴もいわずに、将来の聟《むこ》に声援を送るようになった。

淑子は三年四年と歳《とし》を重ね、親類中でもしきりに縁談を持ちかけて来るのだが、父親は、島一のことをオクビにも出さない代り、縁談にも耳をかさない。親類も（一体、どういうつもりなんだろう）と呆《あき》れ果て、しまいには何も話を持ちかけて来ないようになった。

淑子も気が気ではなかったのだ。その頃に、横綱千代ノ山の婚約破談事件などがあり、人気商売だけに何時島一の心が変らないものでもないという不安で、じりじりしてしまうこともあった。婚約中に福岡へ来ることがあっても島一は、くそまじめに、きちんと男女の礼儀を固守し、あまり口もきいてはくれないし、二人だけで外出などした記憶は一度もない。古くさいかも知れないが、胸の内で、お互いにじいっと見詰め合って来た七年間だ。現在の若い男女が見たら吹き出すことだろう、と、いまだに淑子は思ってみるのだ。とにかく、島一も淑子も、淑子の両親も強情だったことに間違いはない。

二十八年の春場所が済み、ようやく、見るに見かねた後援会の人々が乗り出して結婚することになった。島一は当時、東の関脇（三度目）だった。島一が三十一歳。淑子は二十八歳になっていた。そして結婚後の秋場所に大関の夢を果すことが出来た。

新婚旅行は熱海《あたみ》の知人の別荘へ行った。

「七年もかかったわね」

と淑子がいうと、

「済まない。でも早く婚約しとかないと誰かに持ってかれちゃうと思ったもんだから――」

島一は、眼《め》をショボショボさせ、うつ向いて赤くなり、はにかみ切って、こんなことをいったものだ。

熱海から身延山《みのぶさん》へ登り、坊に泊った。冬の最中なのに、島一は裸になり滝に打たれた。びっくりした淑子が、

「風邪を引きますから、止《や》めて――」

細っそりした体を揉むようにして、眼を見張って止めると、

「身延へ来たときには、何時《いつ》もやるんだよ。平気々々」

信仰は母親ゆずりのもので、日蓮宗《にちれんしゅう》である。力士生活に入ってから、いよいよ信仰心は深くなった。信心なんか古い、といわれることもあるが、一年中、勝負の境に身を置いている仕事だし、信仰にすがって心身を練ることは、それの出来る者にとっては出来ない者よりも幸福だし、自分は弱い男なのだから――と、島一は平気である。

九月二十三日（八日目）

初顔合せの福ノ海を破り、島一は、若ノ花と二人だけ、勝ち越しの日を迎えた。初日以来の全勝勝ち越しの八日目を迎えたのは入幕以来、初めてのことである。

新聞のスポーツ欄にも島一は大きくクローズアップされ、記者が仕度部屋の島一に集まるようになり、早くも敢闘賞の候補にのぼるようになった。

「やはり、勝つもんだね、こうして、みんな集まってくれるしさ」

と、さすがに島一も嬉しさを隠し切れず、知り合いのスポーツ新聞の記者に語った。

翌日は、復調目覚ましい時津山と闘い、島一は負けた。初の黒星である。勝負はあ

ッという間に決し、猛烈な時津山の押しに島一は突き出されてしまった。

夕方になり、ニコニコと上機嫌《じようきげん》で帰宅すると島一は、胃のあたりが重苦しくなるような沈んだ気持を押えて玄関に迎えた淑子に、

「今日、聞いたろ？――立合が、われながらまずいので呆れちまったよ」

といい、ビフテキで夕飯をすまし、十時頃までテレビを見ていたが、床に入ると、

「一寸、疲れが出たようだな」

とつぶやき、すぐに眠りはじめた。

この夜は島一のイビキが大きかった。

女だけに、一昨年の二十九年の春、東の大関だった島一が大阪場所初の優勝を遂げた、その夢を再び描いてもいた淑子は、この夜、まんじりともしなかったが、翌朝になるとサラリと忘れ、平静な気持で、島一を送り出すことが出来た。淑子は厭なことは、すぐに忘れることが出来るサッパリした性格だった。

なんといっても、すでに勝ち越しが決まり、とにかく番付の位置が昇ることが約束されたことは淑子にとって嬉しいことだった。

十日目も島一は負けた。新鋭の栃光《とちひかり》と奮戦した。大相撲であり、二人とも渾身《こんしん》の力をふりしぼって戦ったが、栃光の若々しい力のみなぎる下手投げに、島一は破れた。

この日も若い者二人を連れて帰り、にぎやかに夕飯をして、テレビを見ながら、終

始、島一は淑子に笑いかけては話しかける。

淑子の心配を察して機嫌よく振舞うのである。

この夜も、イビキがひどかった。

九月二十六日（十一日目）

朝、島一が出かけるときに、淑子は初日以来着ていた結城紬《ゆうきつむぎ》を大島の着物に替えようとした。二日負け続けると、どうしてもエンギをかつぎたくなってしまう。ねえやの幸子も履物を替えるつもりだ。

「昨日のでいいよ」

と、島一はニヤニヤしていう。

この五、六年の間に、島一は決してエンギをかつがないようになってきている。エンギをかついでも負けるときには負け、勝つときは勝つということが、上り下りの激しい苦闘の中で、よくわかっているのだ。

「でも――ね、お願い。今日は、これを着てって――」

「そうか。よしよし」

別に、こだわらずに大島を着て、これも新しい袴《はかま》をつけ、島一は稽古場に向った。

部屋で、芳野嶺を相手に十番ほど稽古を終えると、体中に疲れが浮き上ってくるようだった。腰の痛みはないが、体中がだるい。後半戦に入れば、きっとこうなる、だから疲れが出ないうちに勝ち越してしまおうと初日以来、全精力をこめて闘ってきた結果は上々で、病後のおとろえた自分の体が意外に精気を取り戻してくれて、八日間を勝ち続けることが出来ただけに、我ながら、よくやったと思うし、暗い気持にもならなかった。調子が悪ければ悪いなりに、全力を尽して戦うより仕方がないのだ。

昼飯をチャンコ鍋《なべ》で部屋の若い者とすまし、午後二時頃、国技館へ入った。

十両の勝負がすみ、幕内力士の土俵入が終ると、島一は、幕内力士の仕度部屋から十両の仕度部屋へ移る。十両力士が帰ったあとなので静かだし、訪問客も来ないので落ちついて自分の取組までの時間を過せるからだ。松登《まつのぼり》や若ノ花も島一と同じに十両の仕度部屋へやって来る。

広い仕度部屋の、通路をはさんだ向う側の畳の上に、今日まで、ただ一人勝ち続けている若ノ花が、裸の首に、太く長い菩提樹《ぼだいじゅ》で作った数珠《じゅず》をかけて黙念と煙草《たばこ》をふかしている。今場所の十日前に、四歳になる愛児を不慮の災難で亡《な》くした彼の、物につかれたような奮戦ぶりは人気の焦点になっている。激烈な哀しみに耐えて、連日、恐ろしい強さを見せ、素っ気ないほどに合理的で、しかも気魄《きはく》に満ちた相撲をとっている彼の張り詰めた緊張の何処かを、一寸でも突けば、グラグラッと悲嘆の底に落ち込んでしまうのではないかと、島一は、柔軟体操を軽くやりながら、ふと思った。

台風十五号が接近したとかで、いやに蒸し暑く、時折、驟雨《しゅうう》が叩《たた》きつけてきた。

時間が来て出場し、控えに入ると、同門の神錦と並んで、更紗《さらさ》模様に三根山と染め抜いた場所蒲団《ばしょぶとん》に腰をおろした。土俵では、昨日、島一を破った精悍《せいかん》な栃光と芳野嶺の取組である。

土俵の向う側に、四股《しこ》を踏みはじめた芳野嶺を見守りながら、島一も神錦も腕を組んで、同門の彼の勝利を祈った。

栃光の、肉の厚い、ツヤの良い栗色《くりいろ》の堂々たる体軀《たいく》は、昨日、島一の強烈な攻撃を二度も三度も耐え抜いた若々しいエネルギーをひそめている。芳野嶺も今日まで五勝五敗だが、島一が見て決して調子は悪くない。

立ち上ると物凄《ものすご》い相撲になった。

押し合い、投げ合い、足を飛ばし、差し手を争って、この二人の若い力士は、一瞬の呼吸も許さず、土俵一杯に目まぐるしいばかりの攻防を展開した。

国技館一杯が白熱し、胸が痛くなるような昂奮《こうふん》と緊張とに見物は我を忘れた。

かなり永い間、土俵の砂という砂は二人の足に踏み散らされ、どよめく喚声の中に、芳野嶺は栃光を寄り倒した。

島一の胸の底から熱いものが突き上げ、今場所の自分の勝負にも味わったことのない喜びに、体中が控えの席から飛び上りそうになった。

思わず、島一は神錦と眼を見合せた。

(良い相撲でしたネ)

というように神錦の眼も輝いている。

(良かった。ああいう相撲をとってくれるなら負けてもいいよ)

と島一も眼で答える。

土俵の向う側で、髪も乱れ、胸まで引《ひ》き擦《ず》り上ったまわしのまま、顔面蒼白《そうはく》となった芳野嶺が、荒い呼吸をはずませつつ勝ち名乗りを受けている。この軽量の、力士としては、むしろか細い位の彼を、島一は鬼のようになって鍛え抜いたものだ。自分が心身のありったけを尽して相撲を教えた愛弟子《まなでし》の勝利——しかも間然するところのない攻撃と闘志に貫ぬかれたいまの勝負を見て、島一は、つくづく、

(人間、生きてることはいいもんだな)

と思った。このあと、神錦と出羽錦《でわにしき》の取組が終り、自分が土俵に上るまで、この喜びと昂奮は消えなかった。

土俵に上り、何時ものように、たっぷり塩を摑《つか》んでまきながら、右に太い首をかしげて、土俵中央に今日の相手の安念山《あんねんやま》と中腰に相対したとき、島一は、体の疲れなどはすっかり忘れ、

（おれも今日は良い相撲をとってみせる）

と、全身が固く、固く引き締まってきた。

どんなに冷静に見える力士でも勝負となればきっと固くなる。固くならないのは嘘《うそ》で、島一は、

「この固くなるのがいいんだ。ビクビクして固くなるというのではなく、土俵っても のに対する真剣な気持とでもいったらいいのかナ、新入幕当時の固くなる初心《うぶ》な気持がなくなってしまったら相撲とっても面白くないよ。この固さが消えたら、おれは力士をやめるよ」

と淑子に語ったことがある。

安念山は立浪《たつなみ》部屋の俊鋭《しゅんえい》だ。二十二歳の二十七貫の体軀は強靱《きょうじん》で粘りがあり、投げ業も激しい。稽古《けいこ》も充分だし、ことに土俵際《どひょうぎわ》がしぶといので、たとえ島一がうまく立上って寄り進んでも簡単には行くまいという予想が、今朝の或《あ》る新聞にも出ていたようだ。

立浪部屋とは巡業も一緒で、よく島一も稽古をして教えてやったものだが、いまは大関を転落した島一よりも六枚も上位の前頭四枚目の安念山だ。しかし、土俵上に相対している二人を見ると、島一の風格には、みじんも転落力士の翳《かげり》はなく、いかにも大関の島一が入幕したばかりの新進を相手にしているといった雰囲気《ふんいき》がかもし出され

ている。

時間一杯になり、緊張の限度に達した重苦しさを塩と一緒に撒《ま》き捨て、中腰に睨《にら》み合うと、もう無我夢中になる。

積み重ねた稽古が働かせてくれるカン一つで機先を制する微妙な立合の瞬間——島一の体は一気に飛び出し、すぽッと右も左も差し込み、固く締まった安念山の体に腹を押しつけて、あおり上げるように突進した。

勝負はあッという間についた。安念山は、島一のまわしも充分とれぬままに黒房下に寄り倒されたのである。相手を完全に自分のペースに巻き込んだ、島一の最も得意とする速攻の勝利だった。

二日負け続けているだけに、見物の拍手を万雷のように浴びせられ、花道を引き上げて来ると、小、中学生が島一を取り囲んでサイン攻めにする。仕度部屋でも新聞記者が押しかけて来て島一を離さず、部屋の若い者の嬉《うれ》しそうな顔も、一寸《ちよつと》島一に寄りつけそうもなかった。

「今日は、良い相撲でしたね」

という記者に、珍しく島一は嬉しさで満面を崩れさせ、

「良かったね。自分ながら良かった。両腕を差し込んで、すぐに腕《かいな》を返したら、相手がトタンに浮き上るのがわかったよ」

足も腕も、大関時代の最も調子の良かったときの相撲と同じような素晴しい働きをしてくれたのだった。

その夜――床に入ってからも、この嬉しさは消えそうにもなかった。

(安念山も、力が強いばかりで単調な自分の相撲を、今日、おれに負けたことで気がついてくれるといいな)

と思い、

(立合が遅いのが彼の欠点だ。投げるにしても寄られて投げるのではなく、こっちから突進して投げるようになってくれれば、彼も、きっと三役や大関に昇ることも出来るのだが――)

驟雨が止むと、庭で虫が鳴きはじめ、また雨が叩きつけてくると、鳴き止んだ。

安念山の出世を祈っているうちに、島一は、何時か眠りに入っていた。

十二日目は若羽黒に破れた。

十三日目は北ノ洋と闘い、寄り立てられて土俵際で、辛くも突き落したが、軍配は北ノ洋にあがり、物言いがついて島一の勝ちになった。幸運の星である。

しかし、疲労が濃くなり、腰や膝《ひざ》が痛みはじめてきた。睡眠時間も永くなり、五時には目が覚めなくなってきている。島一にとって眠りは短いほど調子がいいのだ。

（あと二日、あと三日の闘いだ）と、島一は痛みに耐え、淑子には微笑を絶やさず、愛妻をいたわるのである。淑子の心配と不安をときほごしてやるのだった。

この日、若ノ花が発熱して休場し、優勝は一敗の鏡里と二敗の吉葉山の取組にしぼられてきた。

十四日目、島一は大天龍《だいてんりゅう》に送り出されて負けた。

仕度部屋で、芳野嶺が心配そうに島一を見詰めているので、微笑して見せ、

「この三日間、少しもいいところがないね」

と声をかけると芳野嶺は、低く、

「しかし関取、病後なんですから――」

「病気のせいばかりじゃないさ。何処《どこ》か気持がゆるんだな。あれじゃ十両とやっても負けるよ」

島一は、ふと思った。

（場所中にも毎日電気治療をやればよかったかな。うむ、来年の一月場所には、いくら調子がよくても毎日病院へ通って見よう。そうすれば後半戦にもコンディションをうまくもっていけるに違いない）

そして、これからは体全体のバランスを整調することを、もっとよく研究し、血気にはやっての無理は絶対につつしもう、たとえ巡業に出ていても、工合が悪くなれば

帰京して治療をすることにしようと考えついた。

土俵も、あと一日である。

九月三十日（千秋楽）

今日で十勝四敗と、淑子にとっては思っても見なかった島一の好成績だけに、千秋楽の朝は、淑子も体の隅々《すみずみ》にあったシコリが一度に解きほぐされるような気がして、心がはずんだ。いそいそと朝のホウレン草のジュースを六畳の居間に運ぶと、三畳の仏間から、出て来た島一が、

「福岡場所は十一月十一日初日だけど、お前は何時《いつ》発《た》つ？」

「そうね、十一月に入ってからでいいわ」

「なるべく早く行っておやりよ。福岡の義父《おとう》さんも一人ッ子のお前をおれが貰《もら》っちまったんで、おれ達の結婚以来、めっきり弱ってるからな。その点おれは、済まないと思ってるヨ」

場所が終って、数日間は後援会の挨拶廻《あいさつまわ》りがあるし、それから三週間ほど、島一は日大病院へ入って治療を続けるつもりだ。

福岡の準本場所へ出場するときは、淑子も実家に帰り、島一と一緒になる。福岡を

打ち上げると年内一杯は巡業に加わり、二人が顔を合せるのは十二月も末になることだろう。力士の女房というものは、一年のうち、東京で本場所が行われるときだけしか良人《おっと》と共に暮せないし、後援会や相撲茶屋のつきあい、弟子達への面倒と、仲々難しい役目を背負わされるものだが、淑子は結婚以来、少しもこれが苦痛にならない。

　親方や、その夫人が、実によく指導してくれたし、それに一番、恵まれていることは後援会の人々が、一人残らず島一に、よく尽してくれるからだ。留守を守る淑子のことを本当によく気をつけてくれる。招待されるときなども「奥さんは一年中辛《つら》い思いをしてるんだから、ぜひ遊んでもらいたい」と、必ず島一と一緒である。場所中は決して現われず、島一の神経を乱すまいとしている。

　あらゆる階級の、いろいろな仕事を持っている後援会の人々は、老若男女、千差万別だが、大関を落ちてからも後援ぶりに変りはない。決して島一の身辺から離れないのである。淑子にとっては頼りになる親類のような気持さえしてくるのだ。

　よく、ひいき筋の宴会に呼ばれて行く力士を〔男芸者〕のようだ、などといわれるが、島一の場合、これは全く当てはまらないのだ。

「私が見ていても、一寸、卑屈になりすぎたり、ファンに媚《こ》びすぎたりする人もいるようです。大体、そういうのは系統をひいているようですね。先輩がそうだから、自然そうなるのでしょう。自分を大切にするという信念がなくてはいけませんね」

とがある。この夏に、ある週刊雑誌のインタビュウに答えて、島一は、そういい切ったことがある。そして、自分の気持を隅々まで察して、後援してくれる人々を、つくづく有難いと思うのだ。これは昔から高島部屋の伝統のようである。

相撲とひいきの関係は、相撲社会の封建制と共に、とかく世評にのぼりがちだが、では、世の中に後援者のいない人々があるだろうか、と島一は考えるのだ。

制度や待遇の点で、昔から力士と協会の間に、何度も紛争が起りもしたが、しかし、現在は、昔と比べて段違いになってきている。世の中が良い世の中になれば、相撲社会も良くなるし、悪くなれば悪くなるのだ。

大臣にも政治家にも、役人にも会社員にも、商人にも——どの社会にも相撲社会と同じ欠点や美点があるといってもよい。島一は、相撲の世界だけを特殊な、異常な環境だと見る人々を間違っていると思う。

「鳩山《はとやま》さんも、いよいよソ連へ行くのね」

ジュースを飲みながら新聞を読んでいる島一に寄り添って淑子がいうと、

「ウン。そうだね」

と、島一は余り関心を持たない様子だ。

「おれはね、政治のことも他の社会のことも、国際問題についても、一切気にかけないことにしている。それぞれの人が、それぞれの仕事に忠実であれば世の中はうまく行くんだからね。おれはおれの仕事に誠意を尽していれば、文句いうとこないよ」

何時か、島一は顔馴染《かおなじ》みの新聞記者にいったことがある。

一人や二人の人間の力ではどうしようもない現代の複雑な機構の中では、役者や芸術家や力士のように個人の力量だけで生きて行く職業は実に辛い。島一のファンで新国劇の俳優をしている久松喜世子《ひさまつきよこ》は七十一歳の老女だが、昼夜二部制の、朝十一時から夜十時近くまで四本の芝居に出て生活と闘っている。こういう世の中だから相撲の本場所が増え、戦前の春、夏の二場所から現在の四場所となり、近く五場所に増えるだろうという、力士にとっては大変な負担になる状況も我慢しなくてはならないと思っている。

「五場所になれば、それだけ収入が増えて暮しよくなるものね、今の時代では、それがいいことだとおれは思うよ」

と、島一はハッキリというのだ。

大関時代には、一場所で三十万円近くの収入があったけれど、平幕に落ちてからは約十万円というところだ。五場所になれば、合計五十万円——これが一年の生活費になる。人気稼業《かぎょう》だけに一寸派手にすればとてもやり切れたものではないが、島一はこの生活費の範囲で、すぐに生活を切り詰め、地味に暮している。島一が率先して地味にしてくれるので淑子も気が楽で、結構やって行けるし、むしろ、ねえやと三人切りで、ひっそり暮しているのが嬉しい位なのである。勿論《もちろん》、この蔭《かげ》には後援会の人々の暖い、いたわりの眼《め》が絶えず島一を見守ってくれているのだが——。

後援会も地味ではあるが、根強く、末永く、恐らく島一が隠退して年寄りになってからも島一から離れはしないだろう。細やかに妻の苦労をいたわってくれる良人《おっと》と、親身な親方夫妻と後援会の人々に囲まれている淑子は、（これで子供さえ生れてくればどんなに幸福だろう）と思うのだ。

「今日は、後援会の皆さんおいでになるわね」

「ビールやなんか、用意しといたね」

「ハイ」

千秋楽の夜は、後援会の人々が集まってくれ、島一の労をねぎらうのが毎場所の習慣である。南千住の母や弟妹《きょうだい》や、浅草の姉も一斉《いっせい》に駈《か》けつけて来る。母は、場所中、豊川稲荷《とよかわいなり》や成田不動への祈りを欠かさず、家業の八百屋をついでいる末弟の重明は、毎朝、近くの石浜神社へ参って兄の無事を祈ってくれている。

「じゃ、行って来る」

ニコニコ笑って島一が、コゲ茶の紬《つむぎ》に紺の博多帯、袴《はかま》をつけて、ねえやと淑子に送られて門を出ると、曇っていた空から、キラキラと陽《ひ》が射《さ》して来た。

飯田橋の駅に向いながら、島一は、昨夜からの腰の激痛に顔をしかめた。

千秋楽は、若ノ花休場の為《ため》、横綱同志、鏡里と吉葉山が優勝を争うことになった。吉葉山は高島部屋出身の横綱であるだけに、島一はじめ一門の力士は彼の勝利を祈って仕度部屋に入った。

この日、島一は大起《おおだち》と取組んだ。

控えの席に入るときから何時ものように一挙手一投足もゆるがせにしない礼儀正しい態度で、闘志をこめて立上ったが、自分ながら思うように手も足も動いてくれず、大起の出し投げに、島一は破れた。

負けて二字口に戻り、大起に対して深々と礼を交し合い、

(これが限度だな。しかし、よく保《も》ってくれた。これから大事にするから、もっと働いてくれよ)

と、ただ精神だけで闘って来ただけに、癒《なお》りかけてツヤもよくなった体に無理をさせた、その自分の体を優しくいたわってやりたいような、暖い気持になり土俵を降りてから、島一は、ちらりと心配そうな視線を、次の取組に清恵波《きよえなみ》と勝負をする芳野嶺に走らせた。

芳野嶺は、今日まで七勝七敗、今日一日の勝負が勝ち越すか負け越すかの一点にかけられている。

見ているわけにもいかないので、仕度部屋に戻り、浴場で汗を流していると、巴若が駈け込んで来て、

「関取ッ、勝ちました勝ちました」

「勝ったか、芳野嶺――」

太い溜息《ためいき》が思わず出た。安心と喜びの溜息である。喜びは、こればかりではなく、浴場から出ると、島一に今場所の敢闘賞受賞が決定したと協会から知らせがあった。時津山、若ノ海、若羽黒など有力な候補があっただけに、気にもしていなかったが、決まれば、やはり嬉しかった。

優勝一回、殊勲賞四回、敢闘賞一回という、過去の輝やかしい戦歴を持つ島一だが、今場所は、自分の肉体と精神の力を厳しい試練にさらして、二十年間の力士生活に得た経験から割り出した心身のトレーニングに工夫を尽し、不安と期待の激しい交錯の中で、これからの自分が、どれだけ闘えるかと、息をこらして毎日の勝負を続けて来ただけに、島一は、思わず腰の痛みも忘れた。雑踏する仕度部屋の中で、ファンの少年達や、詰めかける報道関係の人々に取り巻かれ、島一は、微笑と共に、この十五日間を自分に付き添っていてくれた淑子とねえやの幸子に(有難う)と、胸の底でいっていた。

優勝は鏡里と決まり、大田山の弓取り式が済むと、島一は髪を結い直し、殊勲賞の

玉乃海、技能賞の若羽黒と共に出場し、表彰を受けた。二十九年春、大阪で東の大関として優勝を遂げて以来、二年半ぶりに上る表彰式の土俵である。

割れ返るような見物の喚声——。

その中から、カン高く、よく響く少年達の自分の名を呼ぶ声が、賞牌《しょうはい》や賞状、賞品の目録を受け取りに二度、三度と土俵へのぼる島一の耳に冴《さ》え冴えと聞えてくる。

今頃《いまごろ》は、白銀町の二階の明るい灯《ひ》の下で、後援会の人々も、母や弟も、淑子もねえやも島一の帰りを待ち兼ねているだろう。土俵の溜《たま》りで、島一にマイクを差し出した放送のアナウンサーが、御感想を、と聞くのに、島一は、静かに答えた。

「全国のファンの皆さんの後援のおかげです。それにね、部屋の後輩の人達が、私の病気を親身になっていたわってくれるので、彼等の為にも、きっと好成績をあげようと決心していました。後半にきて体が病み出したが、これは前々からわかっていたことだし、これから治療をすれば全治する見込みがハッキリしたので、来場所も充分に闘えると思います。十五日間、心残りの相撲はありませんでした」

席を立って場内に雑踏をきわめる見物達は、場所中の昂奮《こうふん》を来年初場所につなぎ、力士達は、精根こめて闘い合った秋場所十五日の土俵に、それぞれ自分の人生の一齣《ひとこま》を刻みつけ、勝ち越した者も負け越した者も、この一夜は心から酒にも酔い、眠りを楽しむのだ。

冷え冷えと秋の夜気に包まれた隅田川に、打出しの櫓太鼓《やぐらだいこ》が鳴り渡るのを、島一は
うっとりと聞いた。

（「小説倶楽部」昭和三十二年一月号）

牧野富太郎

私が、牧野富太郎博士の顔に強く魅了されたのは、土門拳《どもんけん》の〔風貌《ふうぼう》〕という写真集の中におさめられた牧野博士の肖像《ポートレート》を見てからである。九十余歳の博士の、大きな巾着頭《きんちゃくあたま》や、耳までたれ下った銀のような髪の毛や、強情我慢的な鼻や、女のようにやさしくしまった唇《くちびる》や、瘦《や》せぎすな猫背《ねこぜ》を丸めて、両手に何気なく持った白つつじの花や――土門氏の対象に肉迫している撮影技術の見事さは素人《しろうと》の私にもよくわかるような気がしたが、何よりも私の心を引き摑《つか》んで離さなかったのは、その博士の眼《め》であった。

白い眉毛《まゆげ》の下に、ややくぼんで、小さな、澄みきった眼がある。それはもう、ただ澄みきっている眼というものはこういう眼をいうものであろうかと思われる美しさであって、一葉《よう》の写真を通して、この眼の美しい輝きが汲《く》みとれるのは撮影もすばらしいものなのだろうが、撮《うつ》された対象が何よりもすばらしいのだと、私は思った。

土門氏の、この肖像《ポートレート》に付した解説は次のようなものである。

〔牧野富太郎〕植物学者――文久《ぶんきゅう》二年（一八六二）高知県に生る。明治九年、在学三年にして小学校下等八級を中退。正規の学歴はそれだけで、以後独学で植物学を研究。採集した標本六十万種、発見命名した新種千五百種。日本産の植物の大半に正しい学名をつけた。

明治二十六年東大助手、大正二年東大講師――以来、昭和十四年まで東大の万年講師だった。昭和十二年朝日賞受賞。二十五年学士院会員となる。

私は、昨年秋、劇団新国劇に委嘱されて、牧野博士の伝記を芝居の脚本に書くことになり、はからずも博士の「美しい眼」と現実にめぐり合うことが出来た。

武蔵野《むさしの》のおもかげが、まだ濃く残っている大泉の、冬枯れの雑木林に囲まれた牧野家を訪れ、私は、ここ一年余というものはベッドへ寝たっきりの牧野博士にお目にかかった。

二、三日前までは、かなり重態だったが、今日は気分がよろしいのですよ、と令嬢の鶴代《つるよ》さんがいわれた。鶴代さんは五十七歳で、博士の秘書役をしておられるそうだ。

博士は、衰弱で子供のように小さくなった体をベッドに埋《うず》め、鶴代さんが耳元で大声にいわれる私の来意を聞くと、非常によろこんで下すって、

「御厄介《やっかい》かけますナ。何分よろしく……」

と、かすれてはいるが、少女のように優しい声でいわれた。

そして、

「わしも、わしの芝居を見に行くぞウ」

と、鶴代さんに向って、少年のような好奇の眼をクリクリと動かせては、はしゃいで下さる。

博士の眼は、私の想像よりも、もっと美しかった。

九十余年もの人生を一つの仕事に、それも好きで好きでたまらない植物学だけに打ち込んで来られた幸福さが星のように、その眼の中にこもっている。

この幸福は博士一人でかち得たものではない。

何時《いつ》の世にも男が立派な仕事と幸福を得た蔭《かげ》に、必ず女性の愛情がひそんでいるように、博士にも、亡《な》き奥さんの人生が博士の人生へ強烈に溶け込んでいるのだった。

博士が、病床から何時も眼を向けていられる位置の壁に、奥さんの写真がかかげてあった。

付添いの看護婦さんが、こんなことを私にいった。

「あの、先生はネ、ときどき、じいっと奥さんの写真を、このベッドの上からごらんになってましてネ、小さい声で、寿衛子《すえこ》、寿衛子って、呼びかけられるんですよ」

博士の眼は、今でも眼鏡なしで新聞を読むそうである。

一

二十九歳の牧野富太郎が、神田、今川小路《いまがわこうじ》の小さな菓子屋の娘、小沢寿衛子と結婚したのは、明治二十三年の夏である。富太郎は、当時、上京して麴町《こうじまち》三番町の官吏の家の離れに下宿して、植物学の研究を続けていた。本郷の東京大学の植物学教室へも出入りしていたので、学校へ行く途中に通る今川小路で、甘党の彼は、ふと入って菓子を買った、その店の娘を一目で見染めた。

「その娘を、もう、もらいたくてもらいたくて。わしの知人で神田錦町《かんだにしきちょう》の印刷屋の主人が、さばけた人でね、間に入ってくれよったんです。つまり、ひとつの恋女房《こいにょうぼ》ですネ、家内は京都系でしてネ、ちょっと粋《いき》で芸者型じゃった。母親は京都で父親は彦根の井伊家の家来でしたが、家内が娘時代には、家にも金があったらしくて、踊りや三味線なんか、だいぶ稽古《けいこ》やりよったんですナ。父親が亡くなってから零落しましてねエ。そこへ私が現われた。ひとつのロマンスじゃネ、これは――」

九十を越えてから、何かの座談会に、富太郎は、こんなことをしゃべったことがある。

母一人、娘一人の家庭で、なかなか母親が許さなかったが、印刷屋の太田義二が、懸命に何度も足を運び説得した。

「こう申しちゃ何ですけれども、私は、あの牧野さんて人には感心してます。植物学をやってるんですが、何でも日本中に生《え》えている草や木や花をですな、一つ残らず調べあげて、これに名前をつけ、御自分で画に写して、説明を入れて本にしようというんですから大変です。いやもう夜となく昼となく山や野っ原を歩き廻《まわ》っては草を集めて来て、それを研究なさる、本にするというわけで、これを、みんな一人っきりでおやりになるんですからな。あれはきっと、今に偉い学者になると、私は太鼓判をおしてもよろしゅうございますよ。それにお国が四国の高知で、あの辺りでは、もう代々つくり酒屋として、殿様から苗字帯刀《みょうじたいとう》まで許されていたそうで——。まあ、お金もあるので、ああして好きな学問を気ままにやっていられるんでございますな。人柄《ひとがら》もよし、家柄もよし。何とか一つ、牧野さんの気持をかなえてやって頂きたいもので——」

富太郎が自分の描いた植物図や原稿を本にするというので、太田の店へ一年半も通い、印刷術を研究した熱意に太田は徹底的に惚《ほ》れ込んでいた。

寿衛子の母親も太田の執拗《しつよう》な訪問に負けて、二人の結婚を許し、二人は根岸の村岡という家の離れに新居をいとなんだ。

明治二十三年といえば、徳川幕府が崩壊して王政復古となり、明治政府が世界の諸国と、日本国内の、さまざまな紛争の中で、懸命に、その政治体制をととのえようと脂汗《あぶらあせ》を流していた頃《ころ》である。この年の夏には第一回の衆議院総選挙が行なわれ、東海道本線に汽車も通るようになり、京浜間に初めて電話が開通された。

新婚の当初は、国からの送金もあって、生活も豊かであり、富太郎は舶来の生地《きじ》でつくらせた洋服を着込み、人力車を乗り廻しては大学の研究室へ通ったし、研究用の書物も器械類も、従来通り惜しむことなく買い込んでは、ぜいたくな研究生活を送っていたのだが、一年ほどすると、故郷から呼出しが来て、帰省すると、祖母の浪子《なみこ》から郷家《きょうけ》の破産を言い渡された。

浪子は七十三歳で病床にあった。六歳で父母に死に別れた富太郎を、これまでに育て上げた祖母である。

「私も、お前を自由気ままに育てて来たのじゃけん、今更どうともいわんが——それじゃ、どうあっても、岸屋の後を、家業をつぐ気はないのかえ?」

「おばあさん。許して下さい。僕は、もう植物学から離れられん。どうしても、この学問をやり抜くつもりじゃけんね」

「植物ちゅうもんは、そんなに面白いのかえ?」

忠義者で、親の代から番頭をつとめている佐枝竹蔵《さえだたけぞう》が、

「御隠居さまは、甘やかしすぎますけん、若旦那《わかだんな》を——」

と、口をはさんだ。

「もう、私もあきらめちょる」

「そんなら、お家をつぶしても構わんとですか?」

「こうなったら仕様がないけんの」

竹蔵は口惜《くや》しさの余り、富太郎を睨《にら》んで、

「何じゃ。草や木の葉っぱ、いじくってて何処《どこ》がええんじゃ。いいかげんにやめとき

なされ」

「何じゃと、こら――もう一度いうてみい」

真っ赤になって怒る富太郎に竹蔵は憤然と、

「何度でもいいますけん、何度でも――」

「ええか。植物学ちゅう学問はな、今の日本の学問の中でも一番遅れちょる学問で、だから僕は、一日も早く、日本中の木や草や花の種類を知り、その分布の状態と関係を調べて、その名前をハッキリと知らせ、新しいものには名前をつけてじゃな、これを日本の、いや世界の学界に発表して……」

「そんなもン、発表して、どうなりますかいな」

「こりゃ、おんしの着てるもんはなんじゃ」

「こりゃ、木綿の着物ですけんな」

「木綿は何からとれるんじゃ。綿だぞ。綿は植物じゃ。この家も木からつくる。着物も薬も、机や箪笥《たんす》も――第一、我々が毎日食べとる米も植物だぞ。これほど人間にとって大切な植物の学問をするのがどうしていけないんじゃ」

「もうええ。もうええ」と浪子がなだめるのへ、

「僕は、今まで自由気ままに研究費を使って、御迷惑をかけたのは、よく承知しとります――でも僕は、子供の頃から、どうしよったもんか、草や木や花が好きじゃった、

なんとなしに、他愛もなく好きじゃったけん。これは、もうどうにもならんのです。植物は僕の愛人じゃけん」

二

山に囲まれた暖国の土佐に生れて、子供の頃から植物に心を奪われた理由は——と問われても返事は出来ない。好きなものは好きなもの、他に答えようがないのである。

明治四年、十歳のときに、佐川の町はずれにある伊藤蘭林《いとうらんりん》の塾《じゆく》へ入って、士族の子弟の中に交じり、富太郎は町家の少年として抜群の成績を示したし、国学や漢学ばかりではなく福沢諭吉の「世界国づくし」や川本幸民《かわもとこうみん》の「気海観瀾広義《きかいかんらんこうぎ》」なども読み、藩校の名学館へ通うようになると、英語も学びはじめて、ウイルソンの「リーダー」や、ピネオの「文典《ぶんてん》」や、カッケンボッスの「窮理学《きゆうりがく》」なども読みこなした。

頭もよかったのだろうが、十二や十三の少年が、まだチョンマゲも取り切れない当時の、しかも土佐の田舎で、これだけの勉学を進めることが出来たのは、この土佐(今の高知県)を治めていた山内容堂《やまのうちようどう》が学問を大いに奨励して、これをひろめた為《ため》だろう。山内家は代々土佐の藩主であり、とりわけ容堂は明治維新の風波の中に、しっかりと身を処して、幕府を倒し王政復古を行なった強力な力の一つになって動いた殿様である。

だから富太郎が生れた佐川も学問は非常にさかんであり「佐川山分《さがわやまわけ》（山が多いという意味）、学者あり」といわれた位だった。

植物への、たまらないほどの愛情と、環境にはぐくまれた向学心が一つとなり、富太郎の植物学への熱情を動かしがたいものとした。

富太郎少年は、小野蘭山《おのらんざん》の「本草綱目啓蒙《ほんそうこうもくけいもう》」四十巻を手に入れ、文化七年（一八一〇年）に病没した日本植物学の草分けともいうべき蘭山の書物によって、さまざまな植物の名を知ることが出来た。

富太郎は隣村にある横倉山《よこくらやま》へよく登っては草や木を採集してきたが、自分の手で採った植物を蘭山の書物の中に発見したときのよろこびは、体中が雲になって青空へ浮び上るような陶酔をさそって、しばらくは本と植物を手にしたままうっとりと放心しているのである。

病弱で、「バッタ」のようだといわれた、小さな体も、山や野を歩き廻って健康になり、明治七年には明治政府が施《し》いた小学校令により、佐川の町に新設された小学校へ入学した。

そして彼は二年間で、自分から退学してしまったのである。

小学校で教えてくれることは、すでに富太郎が知りつくしていることばかりなのだった。

「どうして、学校へ行かんのじゃ?」

と、祖母がいうと、

「やさしすぎて、ばからしいんじゃ。時間が無駄《むだ》になるけん、これからは一人で勉強する」

だから、富太郎の一生で、正式に学校へ入って学んだというのは、この二年間だけということになる。

明治十四年に一度、上京して、洋書や顕微鏡などの器械を買い込んだり、板垣《いたがき》退助の結成した自由党の一員になって、国会を開く運動に加わり高知で気勢をあげたりしたが、これにも身が入らず、明治十七年、二十三歳で再び上京したときには「土佐植物図録」という、佐川町で採集した植物の目録を完成していたのである。

麴町《こうじまち》の若藤《わかふじ》家に下宿して、東京大学へ、植物学の教授、矢田部良吉《やたべりようきち》を訪問したのもこの頃だった。

矢田部は嘉永《かえい》四年生れというから、その頃、三十三、四歳。すでにアメリカのコーネル大学で植物学をおさめていて、日本の植物学界では一流の権威だといってもよい。

矢田部は、この土佐から出て来た、素朴《そぼく》で、熱心で、利巧そうな青年に好感を持ったらしく、

「おーい、四国の山奥から植物が大好きだという青年が現われたぞ」

と、助手の松村任三《まつむらじんぞう》にも紹介してくれたりした。松村も一目で牧野を好ましい青年と見て、

「大学には、本もあるし、植物の標本もあるし、よかったら、ときどき遊びに来なさい。ねえ、矢田部先生——」

「いいとも、自由に出入りしていいよ」

二人ともやさしくいってくれたので、富太郎は飛び上りそうになった。

「僕の学問にも運が向いてきよった！」

暇さえあれば、それから大学の植物学教室へ出入りしているうちに、当時、学生だった、三好学《みよしまなぶ》、岡村金太郎《おかむらきんたろう》、池野成一郎《いけのせいいちろう》などとも親交を結ぶことが出来たし、ことに池野は終生、変ることのない親友になってくれた。

富太郎が大学の設備と蔵書を利用して勉学に熱中しながら、これらの友人達とはかって、日本植物学史上、記念すべき「植物学雑誌」を発行したときにも、矢田部教授は、これを歓迎してくれて、

「日本の植物学は世界的に遅れている。新しい植物を発見しても、何という名前かわからず、外国の学者に見てもらって、名前までつけてもらうようでは、これからは困る。君達、若い人達が、どんどん進歩してくれなくてはね」

富太郎が故郷で発見した未知の草に、〔ヤマトグサ〕という和名をつけて、この「植物学雑誌」に発表したのは、間もなくのことである。日本で、日本人の手によって初めて発見された草に日本人が名前をつけたということは、これが初めてだといってよい。

チョンマゲ時代から名前の知られている植物の名は、多く支那《しな》から伝わったものだし、それまでは、植物の分類の土台が、日本の植物学界に固まっていなかったわけだ。

富太郎は、もう論文だけでは我慢出来なくなり、それに自分の描いた植物図を入れた『大日本植物志』を出版したくてたまらなくなった。

この出版の為に、郷里の家から多額の金を、たてつづけに引き出したのが、破産の原因となったわけである。

気狂《きちが》いのように野や山を歩き廻り、珍らしい植物があると顕微鏡で見ては、実に細かい、それでいて美しい植物の分解図を自分で描く。その画《え》が、また実に見事なものだったのはやはり天分だというよりいいようがないものだろう。

この『大日本植物志』は世界の学界へも送られ、大評判になった。大型の、薄い書物だが、出来栄《できば》えが見事なので、ロシヤのモスコーにいる世界の大植物学者として通っているマキシモヴィッチなどは、感激の手紙を何度も富太郎にあてて寄越したものだ。

富太郎が寿衛子と結婚したのは、この頃のことである。

この雑誌が世界的に有名になり、たてつづけに、富太郎の恐るべき精力と根気によって出版が続けられると、大学の矢田部教授もなんだか面白くなくなってきたのは、どこの社会にも職業にも、よくあることで、矢田部はついにカンシャクをたて、富太郎を大学へ呼びつけた。

「突然だがね、牧野君。大学でも、君が出版している『大日本植物志』と同じようなものを出すことになってね」

結婚して半年ほどしかたっていなかったし、富太郎も恋女房にかしずかれて金にも不足せず研究に没頭する幸福に酔っていたときだから、素直な気持で、これを受け入れた。

「そりゃ、お目出度《めでと》うございます」

矢田部は、チラリと富太郎を見上げ、研究室の、大きな置火鉢《おきひばち》の赤く燃えた炭を、火箸《ひばし》で突つきながら、しばらく黙っている。

外は一月も末の雪でも降りそうな、寒い曇り日だった。

矢田部の様子が何だか変なので、白けた気持になり、富太郎が沈黙を持て余していると、矢田部は思い切ったように、口をきった。

「私も好意的にだね、一介の素人《しろうと》の君を、大学へ出入りさせて、君の植物に対する趣味の向上を、大いに認めておったんだが——しかし、同じ『大日本植物志』が、二つも出版されるのは一寸《ちょっと》困るんでね」

「は——？　どうしてでしょうか？」

「君が大学の研究室へ出入りしていなければ話は別だが——どうしても、君は君で、植物志を出版しつづけるつもりならばだね、今後、大学へ出入りするのをやめて貰《もら》いたいんだ」

「えッ」

富太郎は、さすがにびっくりした。

三

なんといっても大学研究室に設備された、和漢洋の書物や、器械、それに全国から集められた植物の標本がなくては、富太郎の研究も、まことに頼りないものになる。

「先生。それは私、何と申し上げてよいか——いま此処《ここ》で大学へ来られなくなったら、自分の研究に、手も足も出なくなりますけん」

何時《いつ》の間にか、助手の松村任三が入って来て、

「牧野君。だからね、出版をやめなさい、植物志の——そうすれば先生も……」

富太郎は困惑と同時に、強い不満も示した。

（何て気の小さいことをいうんじゃろ、この先生達は――）

この富太郎の表情を素早く見てとると、矢田部はニンマリと微笑して、

「君は、自分一人でもって、植物志をやりたいんだ。ね、そうなんだろう？――しかしね、日本全国の一木《もく》一草《そう》に至るまで、これを調べつくして本にのせるなどということは、いくら君の郷里の家が金持ちだって出来やしないよ。日本の学問である以上、やはり日本の大学によって学界に貢献すべきじゃないかね」

松村は擦り寄って来て「あやまり給《たま》え」と、しきりに囁《ささや》くが、何の為にあやまらなくてはならないのか富太郎にはサッパリ呑《の》み込めない。

「君は、つまり趣味として植物学をたのしんでいればいいんだよ。ね、これ以上、専門家の領域に首を突っ込むことはないいんだものな」

とうとう矢田部は本音を吐き出した。

さすがに富太郎も、事態を察してきて、ムカムカと憤懣《ふんまん》が胸に突き上げてきた。こうなると、お坊っちゃん育ちで世俗的な妥協をしたことのない、しかも血気盛りの富太郎だけに、

「大学を出なければ専門家ではないといわれるんですかッ」

「もうよろしい。これでおしまいだ」と、矢田部は切りつけるようにいって椅子《いす》から

立ち上った。

「せ、先生。私は植物学に命をかけてやっとります。この学問に打ち込む以外、生きる幸福《しあわせ》がないのですけん」

「いやア、君のは趣味だよ。趣味々々」

矢田部が、硬張《こわば》った薄笑いを浮べて、そういい捨てて、研究室から出て行こうとするのを、富太郎は思わず、すがりついてしまった。

「そりゃ、私は一介の田舎書生です。しかし、何とか今まで通りの便宜をおはかり下さい」

「だから、牧野君、本の出版をやめなさい。ね——」

松村助手が、また口をはさむと、富太郎は、どッと涙が溢《あふ》れてきた。

「駄目《だめ》々々。松村君。この人は、大変な自信を持っておられるんだからね」

と、矢田部は、富太郎に、

「君には君の、大いなる抱負と見解がある。自分一人の腕で、何から何までやってのけて、大評判をとりたい。そうなんだろう？　ハハハ——若いんだねエ、君は——大学という処《ところ》はね、君ごとき若い書生さんの思うようには、なかなかならないんですよ。世の中には順序というものがある、コンモンセンス（常識）というものがあるんだからね」

「先生。牧野は大学の職員でも学生でもない、しかし、日本の植物学ちゅうもんは、学者の数も少く、世界の水準には、実に遠いのですけん。よって、私のような若い植物学者の研究に対しては、大先輩である先生が後進のもんを引き立てて、その研究に協力してくれよるべきです」

いざとなると、富太郎は言葉に飾りをつけず、ズバズバといい出す。

松村助手は、懸命に矢田部をなだめてくれた。

矢田部も苦い顔で、

「じゃア、牧野君。君が『大日本植物志』の出版をとりやめれば、大学の出入りは許そう」

そんなことは、死んでも出来なかった。

「私は、私独自の研究法でやっちょりますけん。一人のほうが自由に研究が進むのです。それですけん、どうしても一人で――」

矢田部は止《とど》めを刺した。

「以後、大学へ顔を出すことを禁ずるよ」

そして、さっさと研究室を出て行ってしまった。

その夜も遅くなって、降り出した雪を白く外套《がいとう》の肩に積らせ、唇《くちびる》をむらさき色にして根岸へ帰って来た富太郎を、寿衛子は飛び立つようにして玄関へ迎え出た。

「この寒いのに何処へ行ってらっしゃいました？ まア、どうなさったんです？ こんなに冷たくなって――」

「うろうろ歩いとった」

「何処を？」

「ニコライ堂の鐘の音を、たしか聴いたようじゃけん。神田の方をだいぶ歩きよったらしい」

「どうしたんです？ 一体――」

「僕は、大学へ出入りすることを禁止されてしもうたよ」

「まあ――」

仕度しておいた、富太郎が大好物の牛のすき焼をすすめながら、寿衛子がしきりになぐさめていると、黙々と考えこんで、まずそうに箸を運んでいた富太郎の頬《ほお》にパッと血の色が射《さ》し、いきなり彼は箸も茶碗《ちゃわん》も放《ほう》り出して叫んだ。

「そうじゃッ。ロシヤへ行こう。モスコーのマキシモヴィッチ博士の処へ行こう」

「ロシヤへ？」

「そうよ。寿衛子も行ってくれるだろうねエ？」

「そりゃ何処へでも――でも、そんな遠い外国へ行かなくては、どうしてもいけないんですの?」

「マキシモヴィッチ先生は、僕の仕事を賞《ほ》めてくれて、何度も書物や手紙を送って来てくれちょる。僕が行けば、きっとよろこんでくれる。そうして、モスコーの大学の研究室で思うさま研究出けるんじゃ。こりゃいい考えぞな」

富太郎は、この思いつきに夢中になって、まるで子供のようにはしゃぎはじめた。

「ようし、やるぞう。大学がなんじゃ、大学が——矢田部なんかに負けやせんよ、僕は——今に見てろ、立派な研究をやって、世界中の学者をあッといわせてやるぞう」

大学と、あらゆる権威、名誉、地位、体面などというものへの反抗が、このときハッキリと富太郎に芽生えたといえよう。

田舎書生の自分が、腕一本で新しい植物を発見し、研究を発表して世界の学界に、自分の力を堂々と見せつけてやろうという昂奮《こうふん》で、富太郎は一晩中、まんじりともしなかった。

勿論《もちろん》、寿衛子も良人《おっと》に従って、モスコーへ行くつもりだったが、翌日、富太郎が出した手紙が、モスコーへ着くか着かないうちに、当のマキシモヴィッチ博士が流行性感冒にやられて急死してしまったのだ。

富太郎は、モスコー行をあきらめるより仕方がなかった。

哀《かな》しみと絶望の中で、富太郎はマキシモヴィッチ博士を哀しむ一篇の詩をつくり、マ博士の写真の前で、これをボロボロと涙を流しながら吟じたのである。

それから半年ほどして、郷里の家は破産してしまい『大日本植物志』も第十一集をもって出版をとりやめなくてはならなくなった。

良い気持で、他の雑念に何一つ気を使うこともなく自由に金を使い、気ままに好きな学問に打ち込み没頭していた富太郎の、これが初めて、世の中の苦労というものに打《ぶ》ち当っての試錬であり、苦悩だった。

このとき以来、寿衛子の甲斐《かい》々々しい内助の働きぶりが発揮されるわけだ。

四

富太郎が郷家《きょうけ》の財産整理に帰郷中のことだが、突如、東大教授が免職になった。富太郎に大学への出入りを禁止した事件でもわかるように、矢田部の、そのワンマン振りが大学当局にも睨《にら》まれたものらしい。

富太郎に対抗するつもりで出版した『日本植物図解』という本も二、三冊出したきりで廃刊になり、矢田部は大学を去った。

矢田部のあとの植物学教室は、教授に昇進した松村任三が主任となり、かねてから富太郎に好意を持っていた松村は、すぐに土佐へ手紙を寄越して「ぜひ、上京して大学へ来るように——君を職員として迎えたい」といって来た。

財産を失って無一文になったところだし、妻の寿衛子も妊娠中である。東京での生活と研究についても考え込まざるを得なかった富太郎はとにかく、急ぎ上京して松村を訪問した。

郷家の後仕末は、番頭の竹蔵に全部一任した。

松村は、よろこんで迎え、

「矢田部さんも立派な人なんだが、一寸変っとられるんでね。ま、僕も教授になったことだし、悪いようにはしない。僕を助けて、大学の為《ため》に働いてくれんかね」

富太郎は東京大学助手を拝命した。月俸《げっぽう》十五円である。

あとでわかったことだが、大学へ就職するについては、かねてから富太郎の才能を知っていた菊池《きくち》大麓《だいろく》、杉浦重剛《すぎうらじゅうごう》などの博士達の口添えもあったらしい。

これで富太郎も名実共に学者として通るようになったわけだが、十五円の月給は苦しかった。長女の香代《かよ》も生れ、続いて郷里では祖母の浪子が亡《な》くなり、という、あわただしい明け暮れの中で、富太郎は少しもたゆむことなく研究を続けた。

お坊っちゃん育ちで、惜しみなく金を使うことが身に沁《し》み込んでしまっている富太郎の浪費癖には、十五円の月給など、寿衛子の手には、ほとんど渡らないのである。

酒や煙草《たばこ》は匂《にお》いだけでも近寄らない富太郎だが、書物はドシドシ買い込むし、金があれば、すぐに採集旅行へ出かけたり、その頃《ころ》は、まだ少かった植物学を志す学生達を引き連れて、大学の近くにある、本郷の〝江知勝《えちかつ》〟などへ行き、たらふく、すき焼を振る舞ったりする。

初めのうち一、二年は、駄菓子《だがし》屋を開いたり、高利貸から金を借りたり、縫物の内職をしたりして、やりくりをしていた寿衛子も、良人の〔学問の為の浪費?〕には、つくづく呆《あき》れもしたり、おどろきもしたが――、しかし、何よりも大学から帰って、食事をとるのもそこそこに、自分の研究に打ち込み、夜中の二時、三時まで眠らないのは通常のことで、ときには、ぶッ通しで徹夜を続け、沢山な標本の整理や、採集してきた新しい植物の研究に没頭する富太郎の物に憑《つ》かれたような、まるで狂人のような熱中ぶりを見ると、寿衛子はコボすことも出来なくなる。

寿衛子は、こういう富太郎が厭《いや》ではなかった。

ことに、新しい発見をしたときや、採集して来た植物が、とりわけ珍らしいものであったりすると、富太郎は子供のようによろこぶ。黒豆のような瞳《ひとみ》が、見ていてハッとなるほど生き生きと輝いてきて、

「ええなア。ええなア。植物ちゅうもんは、どうして、こんなにええのか、わからん。研究すればするほど、植物が美しくて神秘的で、すばらしいことが、よくわかるねエ」

と、一枚の標本を前に溜息《ためいき》をつき、一時間も二時間も、一枚の標本を、うっとりと眺《なが》めている良人を見ていると、貧乏暮しを、ふッと忘れるほどたのしくなれた。

また、折にふれて、「今夜は、お前さんにレクチャ（講義）をしようかねエ」などといって、ユーモラスに、日本の植物の実物を見せながら、たとえば春の七草などについて、セリはこう、ナズナはこうと、その名前の由来から、性質、歴史などを、巧みに説明し面白く聞かせてくれることがある。寿衛子は、これが、やはりたのしみの一つだった。

それに、もう一つ、何よりも寿衛子にとって、どんな苦しみも忘れさせてくれるよろこびがあった。

それは、富太郎が、忙しい毎日の研究に没頭しながらも、深く、情熱的な愛情を彼女に注ぐのを決して忘れなかったことである。

研究に打ち込む学者には、ともすれば妻への愛情の表現を忘れがちになることは、昔も今も変りがないことで、その為に、学者の妻というものは、一面悩みが多いものであるが、この点、寿衛子は、女としての充分な幸福感を得ていたのだ。

研究に、妻への愛情に、痩身白晳《そうしんはくせき》の富太郎は、驚嘆すべき忠実さをもって倦《う》むことを知らなかった。とにかく精力的に働き、山や野を駈《か》け廻《まわ》り、昼夜の別なく机に向うという生活をしていて、病気一つしないのである。

しかし、生活は苦しくなる一方だった。

根岸に新居をいとなんで以来、三、四年のうちに、四回以上も、たしか引越しをした。勿論、家賃が払えないから追い立て同様に移転するのだ。

「といって困りましたねえ。あなたの書物や、標本が山のようにあるから小さい家では困るし、どうしても、お家賃の高い家を探さなくては――」

寿衛子も、ときたま、考えあぐねて、こう洩《も》らすと、

「済まんねエ、苦労をかけて――ほんに済まんと僕は思っちょる。困ったねエ、困ったねエ」

富太郎は頭を抱えて、真剣に苦悩する。そうなると寿衛子もコボしてはいられなくなり、「ま、構いませんよ。何とかいたしましょう」といわざるを得ない。すると、それが口癖の土佐なまりで、「どうにかなるろ」と、そういって、富太郎は、ガラッと楽天的な微笑を浮べて、研究室へ引きこもるのだ。そうなると、今までの悩みをパッと忘れてしまい机に向うことが出来るというのも、彼にとって一つの天分でもあり、世にも恵まれた性質を持って生れて来た男だともいえよう。

借金に次ぐ借金――そして、相も変らずの研究への散財。とにかく、家庭の貧乏を完全に忘れ切ってしまって、本を注文したり、学生達と豪遊してしまうのだから罪がないので、

「しもうた。家《うち》に金がないのを知っとりゃ、今夜は学生達にオゴるんじゃなかったねエ」

と、ベソをかきそうに、真実、頭を下げて富太郎は妻に詫《わ》びるのである。そしてまた、すぐに忘れて、元通りになるのはいうまでもないのだが――。

香代に続いて生れた長男の芳男《よしお》がこの、ひどい貧乏の中で脳膜炎で亡くなった。その翌年、日清《にっしん》戦争が日本の勝利のうちに終結した翌年の明治二十九年の秋。――富太郎は大学から台湾の植物調査を命ぜられた。ときに三十五歳である。

このときも大学から支給される百円の旅費だけでは、とても自分が思うように採集が出来ないと、富太郎が嘆くので、寿衛子は、高利貸から百五十円を借りて持たしてやった。

勇躍して、富太郎は出発したが、あとの寿衛子は大変だった。

その頃は小石川の白山前《はくさんまえ》の十も部屋数のある、冠木門《かぶきもん》の大きな家に住んでいたのだが、それが三度目の裁判所からの差押えを受け、このときは、どうにも、やりくりがつかず、家財道具の、ほとんど全部を競売にかけられ、家の中はガランドウになってしまった。

その年の十二月、木枯しの吹く、凍りつくような或日《あるひ》の午後――三歳の香代と二人、残るは良人の書物と標本の山だけという、それだけに、簞笥《たんす》やテーブルや、鏡台などの家具が一つもない、冷え冷えとした家の泥行火《どろあんか》にうずくまって、寿衛子がフカシ芋に空腹を満たしているとき、富太郎が台湾から帰って来た。

電報一つ打って来ないのだし、さすがに、おどろきもし、嬉《うれ》しくもあって、飛び立つように出迎えると、

「やあ、二カ月ぶりに、懐《なつ》かしの我家へ帰って来たぞう」

相変らず、精気ハツラツとして富太郎は居間へ入って来ると、キョトンとして、

「寿衛子」

「はい？」

「家の中が、いやに広くなったようだねエ」

と、富太郎がいうのだ。情けないよりも可笑《おか》しさが先になり、寿衛子は、

「はあ。みんな道具を持ってかれましてねえ」

と、笑顔でいうと、さすがにハッとしたらしく、

「ふむ——ははあ……」

富太郎は黙念となったが、やがて、ニコリとして、

「ま、ええ。どうにかなるさ」

こういって、鞄《かばん》の中から、土産物を取り出しかけ、急にまた、ピョコンと立ち上り、せわしなく切迫した調子で、

「寿衛子。僕の書物も競売されちまったのかねエ?」

「いえ、本だけは、着物を売ったりしまして、何とか渡さないで済みましたよ」

「じゃア、お前」

といったきり、富太郎は、じいっと寿衛子を見つめ、愛情の溢れるばかりの、それは子供がひたむきに母の乳房を探り求めるような、無心さで、寿衛子を見詰め、

「すまなかったねエ、永いこと留守にして――」

しみじみというのである。

「同じことですよ、あなた」

と明るくいってやると、

「居ても居なくってもかね」

「大学から頂くお給金が二十五円。この家のお家賃が三十円では、どっちみち足りやしませんもの」

「道楽息子は苦労をかけるねエ」富太郎は、香代の頭を撫《な》でて「お前にもさ」といった。

「台湾のほうは如何《いかが》でした?」

茶をいれてすすめながら寿衛子がきくと、富太郎は、収穫は充分にあり、ことにタカサゴユリという百合《ゆり》の花の大群落を発見して狂気せんばかりに嬉しかったというこ

とや、熱帯地方だけに採集した植物を内地へ送る荷造りの苦心などを得意そうに話してきかせ、

「おお忘れとった忘れとった」

と、また鞄へ手を突っ込み、香代にオルゴールの置時計を出して渡してから、ふと、寿衛子をまじまじと見つめ、

「お前さんの丸髷《まるまげ》は何時《いつ》見てもいいねエ」

と、とろけるような眼《め》をした。寿衛子はテレて、

「髪結いさんに払うお金が勿体《もったい》ないいんですけれど、でも女として、身なりをシャンとしていませんと、貧乏に負けて、いっぺんに真っ暗な谷底へ崩れ落ちてしまいそうに思えますんでね。ごめんなさい、こんなこと申し上げて――私って女は、そこまで捨て身になれない女なんですね」

「いや、同感々々」

寿衛子は、どんな貧乏していても、ツギの当った着物さえも、巧みに、きちんと着こなし、髪の手入れを怠らない女なのである。

このとき、どうしたものか富太郎のポケットには二十円の金が残っていた。

寿衛子は、これで正月が迎えられると、いっぺんに活気づいて、頰に血の色をのぼらせ、

「お父さんは帰ったし、二十円もあるし、これからみんなでお湯屋さんへでも行ってサッパリして、三味線でもひいて遊びましょうかね」

と、天井裏に隠して置いた母親ゆずりの三味線を引き出して来た。

富太郎が、ニコニコしながら鞄から出した妻への土産は、台湾で買った花簪《はなかんざし》だった。

「ほれ、この簪が、お前さんへのお土産でしてねエ」

「まあ――きれいな……」

受け取った寿衛子は、思わず、その花簪を抱きしめるようにして口づけをした。

寿衛子が、歓喜に燃えて、じいっと簪を抱きしめている姿を、富太郎もまた、感に堪えたように見守ったのである。

その夜は、食卓代りに敷いた新聞紙に食器を並べ、富太郎が大好物の牛のすき焼の夕飯が終ったあと、寿衛子が、ひき唄《うた》う、長唄の「吾妻《あずま》八景」の冴《さ》えた三味線の音が、牧野家の居間一杯に流れていた。

五

次々と子供が生れ、貧乏生活が続いた。

若い頃は、かなり洒落者《しゃれもの》だった牧野も、さすがに憔悴《しょうすい》して、ギョロギョロと眼ばかり光らせ、不精髭《ぶしょうひげ》で蒼白《あおじろ》い顔を埋《うず》め、得意の冗談もあまりいわなくなった。研究の方はといえば、後年、彼が、よく人に話した言葉の中に、

「不思議なもんでしてねエ。あの苦しい時代が、一番勉強が出けましてねエ。どういうもんか知らんが、ただもう必死に貧乏と斗《たたか》い、研究も進歩を示したもんでした」

と、いうのがある。

とにかく富太郎の貧困ぶりは大学でも有名なものになり、同じ土佐の出身で富太郎の先輩になる、大学の法学部の教授・土方寧《ひじかたやすし》が見兼ねて乗り出し、大学の浜尾総長に富太郎の昇給を願い出た。土方教授にいわれるまでもなく浜尾総長も富太郎に同情を寄せていたので、

「大学には牧野ばかりではない大勢の助手もいるのだから、今すぐ昇給というわけにはいかんけれども、では、何か別の仕事を与えて、彼に手当を出すことにしようじゃないか」

二人は相談した。

そして、牧野が、かつて自費出版し、今は亡くなってしまった矢田部教授の圧迫を受けた、これこそ生涯《しょうがい》の仕事だと、今もって、富太郎がその出版の希望を燃やしている『大日本植物志』を、大学の費用によって出版し、この責任者として富太郎を登用することになった。

富太郎も、この暖い総長と土方の処置には感激して、

「この総長の為なら、僕は大学の為にも粉骨砕身して、きっとええものをつくって見せる」

と力んだ。

『大日本植物志』は大判の、印刷も紙も、かなり立派なものを使用し、富太郎は表紙の題字を聖徳太子の手蹟《しゆせき》から集めるというような凝った仕事をして、勿論《もちろん》、内容は、その為に、かねてから用意していた植物の図と解説がたっぷりとあったことだし、一冊、二冊と出版されるうちに、日本はもとよりイギリス、アメリカなどの学界にも大反響を巻き起しはじめた。

図面には淡《うす》い色彩もほどこされていたし、その頃には富太郎の植物図も、ただ綿密で良く描けているというだけではなく、たとえば菊なら菊、竹なら竹と、それぞれの植物の性格や手ざわりや、一枚の葉の厚さ、硬さ、柔かさまで、実物を手にとるような迫力さえ生むようになってきていたのである。

植物図の画家としても富太郎は一流の腕前だといってもよかった。その上、大学でも植物の生き字引と言われた彼の、その眼、その足、その手によって現実に探求しつくした日本の植物への恐るべき蘊蓄《うんちく》があるのだから事実、かゆいところへ手の届きつくすといったような、すばらしい植物図が、見る者を驚ろかせた。

『大日本植物志』の出版は、しかし第四集をもって廃止されなくてはならなかった。これも結局は、十数年前に矢田部教授と、富太郎との間に起った紛争と同じようなものと見てもいいだろう。今度の相手は、かつて矢田部の憤激を懸命にとりなして、富太郎を庇《かば》ってくれた松村任三教授だった。

松村は常陸《ひたち》の出身で、東大に矢田部教授の助手として奉職し、日本各地に採集も行ない、多数の植物標本を集めて、後年の東大理学部、植物学教室の基礎を築いた。ドイツにも留学しているし、日本植物学を興した大きな功労者のひとりといってもよいし、人間も決して悪い人ではなかったのだが、周囲の人達の中で、富太郎の活躍と声望を嫉妬《しっと》する者に、焚《た》きつけられた気味もあったかも知れない。

富太郎には、彼を理解し、これに惜しむことなく支援を与えてくれる先輩や友人も多かったが、しかし敵も多かった。決して自説を曲げることはしないし、少しでも正しくないと思えば妥協するどころか、臆《おく》するところなくこれに立ち向うし、目上の者にも、いわゆる世渡りの技術を発揮出来ない性格だから、彼を嫉《ねた》む同僚の助手や講師が、相当に松村を突っついて、松村の不満に火をつけたのだろう。

次第に、松村教授は、富太郎と対立するようになり、『植物学雑誌』にのっている富太郎の論文を、「君の論文は、ありゃ何だね。ダラダラと牛のよだれみたいに長ったらしい。ああいうのは大学の権威にかかわるからね。もっとコンサイスネス（簡潔）な文章で書き給《たま》え」などと文句をいうし、何よりも困ったのは、松村が主任教授としての威力をもって、富太郎の昇給を阻《はば》んだことである。だから何時《いつ》までたっても給料が上らないのだった。

そして、ついに松村は政治的に乗り出して『大日本植物志』の出版をとりやめにするようにしたのだ。松村の大学での威力は、古参の教授でもあるし、なかなか強いものだったらしい。

富太郎は、再び失意と憤懣《ふんまん》を、身に沁《し》みて、味ったわけである。

その後も、なお松村の圧迫は続いた。

ことに、その頃、寿衛子が、いよいよ金に困り、思い切って、渋谷の荒木山《あらきやま》に料理屋をはじめたことも、それに拍車をかけた。

「大学に奉職するものの妻が待合をやっているとは何ということだ。これでは学生達に対して、影響、恐るべきものがある」

「牧野をクビにしたらどうだ」

「大体、彼は学者らしくない。学生達にレクチャー（講義）をするのでも、まるで冗談まじりに、ふざけきった漫談みたいなことをしゃべっては学生達を笑わせてよろこんでいるんだからね。だから、まるで学生達は牧野を友達扱いにしとる。これでは、我々としては非常にやりにくい」

などといい出す者もあり、富太郎の免職運動は、かなり強いものになってきたのである。

寿衛子の料理屋営業も、それを考えて、一時富太郎と別居していた位で、初めのうちは彼女の人柄《ひとがら》もあってなかなか繁昌《はんじょう》したが、やはり馴《な》れない仕事だったし、人が善《よ》いので踏み倒しや客の借金で、あまり儲《もうか》らなくなってきた。

日露戦争が、いよいよ始まるという、その頃に、寿衛子は、

「あなた。お店もやめようかと思います」

といい出した。

「そうかい。儲らなくちゃ仕方がないねエ。まア、やめるほうがええじゃろ」

「お店を売って借金を返しても、少々は残りますから、そのお金で、何処《どこ》か郊外の安い土地を買っておきましょうよ」

「おいおい、土地を買うなんて、お前、正気でいっとるのかい？」

「まア、何とかします。そして、そのうちにその土地へ家を建てて――ね、あなた。其処《そこ》へ、あなたの好きな植物を一杯植えて、牧野植物園を開こうじゃありませんか」

「牧野植物園――」

と、富太郎は、もう少年のように眼を輝かせ、夢を見るようにうっとりとして、

「ええなア。そりゃええなア」

「それが、私の、夢なんですよ、あなた――」

六

寿衛子の夢は、二十数年後になって、どうにか、その半分は実現した。牧野植物園、とまでは行かなかったが、当時、東京府下だった大泉町に七百坪ばかりの土地を借り受け、此処《ここ》に小さな家と、標本館を建てて、牧野一家の永住の地にしようとしたのである。ときに大正十五年の十二月であった。

それまでの二十年間には、日本にとっても、富太郎にとっても、目まぐるしいほどの変化と事件があった。

日露戦争後の軍備拡充。資本主義の飛躍的な発展により国力は膨脹《ぼうちょう》し、その反面、労働者や農民の社会主義運動が相次いで起った。韓国が日本に併合されて朝鮮となったし、大正三年に始まった第一次世界大戦後の戦争景気から軍縮時代が来る。ロシヤには革命が起り、そして関東の大震災。その後の不況時代――資本は科学に結びついて、文明の発展は急激になり、そして社会と人間の生活の組織は複雑なものとなって、人間個人は社会の流れの中に揉《も》み込まれて行き、牧野家のような貧乏学者の家計は、いよいよ苦しくなるばかりだった。

人が人を信用して金を貸したり、借りたりするような、のんびりした時代ではなくなってきたのである。

富太郎の苦しい研究生活は相変らずだったが、次第に彼の力量と声望とが、世の中にひろまるにつれて、彼を支援する人々も増え、地味な学問ではあるが、出版社からも著書を出してくれるようになったし、三宅驥一《みやけきいち》博士などの好意ある勧めと説得によって、富太郎も「日本植物考察」という論文を東大の教授会に出して、理学博士の学位を授与された。富太郎は、このとき六十六歳。今更、学位を貰《もら》うのも可笑しい位の、植物学界の第一人者になっていたのだが、これは、学校を出ていない富太郎への圧迫もあったし、また富太郎自身も学位など欲《ほ》しくはなかった。

昔からの親友、池野成一郎が、

「君も、ここいらで、いいかげんに学位をとったらどうかね。博士になれば教授にもなれるし、従って収入も増え、奥さんも安心するだろう」

というと、

「私ゃ、学位や地位なぞ欲しくないわね。一介の田舎書生牧野が、学界の大博士連中を向うに廻《まわ》して、これに対抗してじゃね、彼等と大相撲をとるところにこそ愉快さがあるんだからねエ。学位があれば君、何か大きな発見や手柄をたてても博士だから当り前ちゅうことになるけん、面白くないのさ」

だから学位を貰った直後に、彼は、

何の奇も　何の興趣も消え失《う》せて
　平凡化せるわれの学問

などと狂歌をよんだが、しかし、その一方に、

われを思う　友の心にむくいんと
　今こそ受けし　ふみのしるしを

そうよんで、友人達の好意を感謝したのだった。

博士になる十年ほど前には、松村教授一派の妨害によって、危く大学をクビになりそうなこともあったが、学生達や職員の中でも富太郎を支持するものが多く、大いに牧野免職反対の気勢をあげたし、その奇人ぶりは大学でも有名で、人気があり、新聞がこの事件を知って「学閥、人気助手を大学から追い出す」などと書きたてたので、大学もあわてて、免職をとりやめ、彼を助手から講師に昇格させるようなこともあった。

長く通した我儘《わがまま》気儘　もはや年貢《ねんぐ》の納め時

と句をよんで辞任を決意した富太郎も、

蜃気楼《しんきろう》人さわがせしまぼろしも　消えて痕《あと》なしもとの海山《うみやま》

と、講師になったときに一首をつくって大学に止《とど》まった。この二つの句と歌は、大

学時代の彼の強烈な、しかもユーモラスで楽天的な性格を、よくあらわしているものだ。彼は大学でも、学生達に骨身を惜しまず教えるかわりに、人の噂《うわ》さや悪口などは平気の平左で、思うことはドンドンやり抜いたのだった。世の中に息をしている限り、どんな人間でも、或《あ》る程度は世渡りの駈《か》け引きに自分を殺さなくてはならないのが常識とされているのだが、強情を通し抜いた彼は、偉いとか強いとかいうよりも、むしろ幸福な男だったといえよう。

その代り、寿衛子も子供達も苦労した。神戸の金満家、池長孟《いけながたけし》や、成蹊《せいけい》高女校長、中村寿二《なかむらとしじ》、親友の農大教授、池野成一郎をはじめとする友人達などの物心両面からの援助がなければ、富太郎の研究も寿衛子達家族の生活も、その貧困に耐え切れなくなったかもしれない。

寿衛子は、富太郎が博士になった翌年の、昭和三年二月二十三日、大学病院で病没した。

病気は卵巣ガンであった。

大泉の新居にも移り、自分が死んだあとも、丁度、結婚に失敗して戻って来た、しっかり者の次女の鶴代が富太郎の面倒を見てくれると思う安心もあったのか、寿衛子は苦痛に耐えて、安らかに永眠したのである。

富太郎は丁度、仙台へ採集旅行中だったが、すぐに駈け戻り、寿衛子の遺体の前にピタリと坐《すわ》り、両手をついて、深く頭をたれた。

「わしは、お前に、女としてのたのしみを何一つ与えなんだ。芝居見物ひとつさせるじゃなし、流行の帯一本買ってはやらなんだ。済まんかった。よく今まで、わしにつくしてくれよった。今こそ、わしは、こうして、お前の前に両手をついて、あやまらねばならん」

泣いて泣いて、富太郎の涙は枯れつくした。

寿衛子の享年《きようねん》、五十五歳である。

富太郎は、仙台で発見した笹《ささ》の新種に〔スエコザサ〕という和名をつけ、学名は〔ササ。スエコヤナ。マキノ〕として学界へも発表し、愛妻の記念として、天王寺《てんのうじ》の墓の前にも植え、大泉の自宅の書斎の前の庭にも、この「寿衛子笹」を植えた。

昭和に入ってからの富太郎は、ようやく、生活にも落ちつきを見せてきた。

矢田部、松村両教授と共に、富太郎の、日本植物学の育ての親としての功績は、誰もが認めるところとなったし、ことに彼が全力をつくして、日本の植物を分類し、これを日本人の彼の手によって世界にデビューさせ、国際的水準に高めたこと、その美しい画《え》と、巧みな文章によって植物学の普及をはかり、牧野植物同好会のごとき植物採集会を全国にひろめ、国民の中に植物への愛を培《つちか》ったこと——その博学達識による研究の成果は、彼の命名になる新種が六百余種、正しい名前につけかえたり、学名を訂正したりした植物を加えると、合計三千以上の植物を、彼は、この世に送り出したことになるのである。

この中に、世界的に有名になった植物は、いくらもある。

彼は、この自分が発見し、名をつけた植物を、自分の子供のように愛した。

苔《こけ》の一種で、彼が発見した「マキノ・ゴケ」などを、弟子の一人が近所の寺から見つけて来て、見せに行ったりすると、

「おう、おう——こりゃ、こりゃ」

と感嘆の叫びをあげ、泥《どろ》だらけの苔を手に取って、何度も接吻《せっぷん》する位だ。

昭和七年に九州旅行をしたとき、民家の庭先に「酔芙蓉《すいふよう》」の大株を見出《みいだ》して、富太郎は、その民家の庭へ入れてもらい、このうす赤色の大輪の美しい花を、じっと見つめているうちに、「ウーム、こ、こりゃ、何と美しい酔芙蓉じゃろう、ウーム……」と、感極まってか両手を頭にあてて、地上に打ち伏して、しばらくは動かず、同行の学者や新聞記者などをびっくりさせたこともある。

桜でも梅でも、スミレでも、美しく咲いた花を見るときの彼の眼《め》、顔は、異常なほどの歓喜と陶酔に輝いてくるのだった。

標本も六万以上を越え、牧野植物学全集は朝日新聞の賞を受け『牧野植物図鑑』をはじめとする、いくたの著書、軽妙なる随筆は、ようやく彼の衣食住を、ささやかな

がら支えるに至ったのである。

しかし、このとき、すでに富太郎は七十歳を越えていた。

四十九歳のときに愛知県の旅館で、一度喀血《かっけつ》したこともあり、自動車事故や、豊前《ぶぜん》の犬《いぬ》ケ岳《たけ》の崖《がけ》から落ちて重傷を負ったこともあるが、いずれもすぐに癒《なお》り、ムチャクチャに肉体を酷使しての研究にも耐えて、彼はついに昭和の大戦にも生き残った。

大学も辞め、一人だけの思うままの研究生活に入って、日本文化功労者としての年金も受けるようになり、天皇陛下にも御進講をした。

富太郎は、昭和二十四年、八十八歳で大腸カタルにかかりついに危篤状態になり、脈が止ってしまった。

歳《とし》も歳だし、六人の子供達もあきらめ、多勢の弟子達(といっても、みんな六十、七十の老博士ばかり)なども、まず天寿を全《まっと》うしたとなぐさめ合い、死水をつけることになった。

当時、五十五歳の長女、香代、五十歳の次女鶴代をはじめ、順々に水をつけて、やがて某博士が、たっぷりと筆に水をふくませ、白髪を耳までたらし、のんびりと息絶えている富太郎の唇《くちびる》に水をいれると、富太郎の喉《のど》がゴクリと動いた。

「ひゃッ——せ、先生が生き返ったッ」

大騒ぎになって医者が手当をすると、ぱあーッと血の色が蒼白《そうはく》だった頰《ほお》によみがえ

り、数日間、意識を失っていた富太郎はパッチリと眼を開けて、

「なんだか、世の中がさわがしいねエ」

といった。

なんとも不思議な魔力を持った肉体といわなくてはなるまい。

この肉体の恐るべき精力は、数年後の、昭和二十八年一月、彼が九十二歳のときに、肺炎となって、また絶望状態になったときも奇蹟《きせき》的な恢復《かいふく》をもたらしたのである。

牧野富太郎博士は、今年、九十五歳になる。

一昨年の十二月に、三度目の肺炎にかかってから、ずっとベッドの上の静養をつづけているのだが、この間、数回の危篤状態におち入るたびに、東大物療内科の医師達の全力をあげての治療と、製薬会社から無償で寄付される新薬の注射に博士の恐るべき粘り強い精力の抵抗が加わって、奇蹟的な恢復をするのである。

私の「牧野富太郎」三幕の脚本が半分ほど進んだ、昨年十二月中旬、私は正月の大阪で、自分の芝居が出る、その稽古《けいこ》に下阪《げはん》する前日、牧野邸に博士をお見舞いした。
二、三日つづいたきびしい寒気が、いくらかゆるんだ、冬の静かな暖い日で、前日の夕刊に、牧野博士重態が伝えられていて、今度は、いよいよ博士も危いということだった。

大泉の駅から南へ十分ほど歩いて行くと、右手の畑の向うに、こんもりと雑木林に包まれた牧野邸がある。

古びた門を入ると、すぐ左手に、生花の安達潮花《あだちちようか》氏が寄贈したという標本館があり、枯草を踏んで細い路《みち》を少し行くと、平家建の、小《こ》ぢんまりした家が眼の前に現われてくる。この家の半分は、ほとんど博士の蔵書で埋《うず》もれているのだった。

玄関の左手に、板張りの応接間とサンルームがあり、その奥の病室に博士は臥床《がしよう》しておられる。

見舞客が、ひっそりと詰めかけていた。

「昨日まで、とてもいけなくて、もうダメかと思いましたが、今朝になって急に元気になりましてね。今は割にいいようなんでございますよ」

次女の鶴代さんが、そういわれた。

博士は、ぐっすりと眠っておられるようで、この二日ほどは徹夜で看護に当っていた付添いの看護婦さんが、サンルームのベッドで眠っていた。

「父はね、非常に意識がハッキリしておりましてね。口ぐせのように『大日本植物志』の出版を急いでおります。幸いに来年には、毎月一冊ずつでもH社から出版されるようになりましてね。父は、もう、あんな状態ですので、自分の手で植物図を描くことが出来なくなりましたんで、よその画描《えか》きさんにお頼みしているんですけど、その画が一枚ずつ出来上って来るたびに、ベッドの処《とこ》へ持って行ってやりますとね、バカーッと、あの蒼《あお》い顔に血の色がのぼってくるんですよ。それはもう私どもが見ていても不思議な位に、生き生きと、こう眼なんかも輝いてまいりましてねえ」

「あの標本館の標本も大変なものなんでしょうね」

「はあ。何しろ六万種からあるもので――整理をしないことには、枯れ草も同様になってしまいますので、父も毎日、気にしております。父は、わしゃあ、この大泉に立派な標本館をたてて、標本を後進の人々の為《ため》に役立たせたいんじゃって、そればかり申しております」

「やはり、お金が、だいぶかかるもんなんでしょうね?」

「永く保存いたすためには、やはり、それだけの設備がありませんと――」

病室で、博士の声がした。しわがれた、そのくせバカに澄み通った声で「オーイ」と誰かを呼んでおられる。

　看護婦が飛び起きて病室へ入って行った。

「オーイ」と、また呼ばれる。

「一寸《ちよつと》、失礼を――」

　鶴代さんがベッドの傍《そば》へ行くと、

「暑いんじゃよ、毛布――」

腰をくるんでいる毛布を除いている鶴代さんに、しきりに博士は何かいっておられる。

サンルームから首を伸して見ると、ベッドの上に博士は少年のように小さくなった体を横たえ、かすれた声で、陽気に、

「わしゃあ、もう癒《なお》ったぞォ。癒ったぞォ」

と、力んでおられるのだった。鶴代さんは、博士の耳元へ口をつけ、大声で、

「ああ、癒りましたよ。癒りましたよ。ね、お父さん。お父さんをお芝居にしてやって下さるそうよ。見に行きましょうね」

「ウン――ウン」

博士は、御自分の一生が芝居になることを、とてもよろこんでおられるということだった。

芝居の上演は来年のことだが、いまでも気分のよいときは、ベッドの上で新聞まで読まれるという博士に、せめて舞台写真でも見て頂いて、よろこんでもらおうと、私は、そう思った。

夕暮れの路を駅に向って博士のことを考えつつ歩きながら私がドキンとして、思わず立ち止ったほど強く感じたのは、今年になって、絶えず絶望状態をくり返しながら、

全く死ぬことを考えずに仕事をつづけている博士の、うらやむべき幸福さだった。気分のよいときには、画家を呼び、植物図を校訂し、出版社の人に来てもらっては、二度も中止せざるを得なかった『大日本植物志』出版の打ち合せをなさるのである。博士は、いま現実に仕事をし、働いておられるのだった。

(死ぬまで働ける)と、いうことへの人間の、いや人類の切々たる熱望を博士は身をもって示しているわけなのだ。

翌日、大阪へ行き、三日間の滞在中に、また博士危篤《きとく》の記事が新聞に出た。そして、帰京してみると、その日から博士は、便が通るようになって、また恢復の一歩を踏み出したということである。

(「小説倶楽部」昭和三十二年三月号)

解説

八《や》尋《ひろ》舜《しゅん》右《すけ》

「池波正太郎ご推奨の鮎飯《あゆめし》を食べにいこう」

友人に誘われ、梅雨の合間をぬって秩父《ちちぶ》にいってきた。

〔三年ほど前に、甲賀の忍びの者を主人公にした新聞小説を書いたとき、前半の背景を武州（埼玉県）の鉢形城《はちがたじょう》にしようとおもい、泊まりがけで、城址《じょうし》を見に出かけた。

その小説を、抜き書きにしてみよう。

埼玉県の北西部にある寄居町《よりい》は、秩父市の北東に位置している。

奥秩父の山脈《やまなみ》を水源とする荒川が、秩父市・長瀞《ながとろ》をながれてきて、その川幅が大きくひろがるあたりに寄居町はある〕（『よい匂《にお》いのする一夜』）

昭和五十三年の夏、池波さんは寄居町の荒川河畔に建つ京亭に一泊した。この宿は

「祇園《ぎおん》小唄」や「君恋し」などの作曲で知られる佐々紅華の別邸跡で、戦後に旅館となった。

このとき池波さんが執筆していた小説は『忍びの旗』で、前年秋から読売新聞に連載中だった。現在は新潮文庫に収められている長編である。

池波さんが小説の想を練り、鮎飯に舌鼓《したつづみ》をうったという京亭の座敷に、わたしは十数年の歳月をへだててすわった。

蝉《せみ》が鳴いている。真向かい、眼《め》の高さに鉢形城址が望まれる。座敷の先にひろがる整々とした庭園の下はすぐに荒川で、玉淀《たまよど》とよばれる広い河原の岩場に、鮎を釣っているのだろう、長竿《ながざお》をあやつる人のすがたがみえる。

〔鮎の芳香《ほうこう》が飯に移って、実に旨《うま》い〕と池波さんが賞した鮎飯をおいしくいただいたあと、女将《おかみ》の鞆江《ゆきえ》さんとしばらくお話しした。ちなみに、鞆江さんは紅華の養女である。

池波さんが泊まったのは夏の暑い盛りで、鞆江さんは麻の着物を着て、いささか緊張して給仕したという。

〔自分の家のような〕京亭の雰囲気《ふんいき》がすっかり気に入った池波さんだったが、それだけにお客の入りなど気がかりだったらしく、その後も密《ひそ》かに友人を紹介したりし、おりにふれて、

「京亭は、ちゃんとやってるかな」

と気づかってくださっていたそうで……と、鞆江さんは和んだ眼のいろをみせていった。

ただ「いい宿だ」と文章に書くだけならだれにでもできることだが、陰ながらいつまでも親身に優しい心づかいをみせるあたりが、いかにもはにかみの人情家・池波さんらしいところだ。

女将も宿のたたずまいも、そして周辺の景観も、池波さんが泊まった当時とほとんどかわっていないようなのが、わたしにはなによりうれしかった。

ところで、本書は、昭和三十二年から四十二年、著者三十四歳から四十四歳にかけて書かれた八篇を収めている。現代の人物をあつかった二篇の小説「三根山《みつねやま》」「牧野富太郎」が収録されているのが特色である。

「三根山」「牧野富太郎」を発表した三十二年の前年、池波さんは「恩田木工《おんだもく》」で、直木賞候補となっているが、この作品は長谷川伸主宰の「大衆文芸」に書いたもので、いわゆる商業誌に発表した最初の作品は、この「三根山」（「小説倶楽部」三十二年一月号）である。

二十四年ころから長谷川伸に師事して主に戯曲を書いていた池波さんは、このころになると、師から小説も書くように助言され、いくつかの習作を書いた。「恩田木工」

や、「三根山」「牧野富太郎」がそれである。いずれも、長谷川伸の月例勉強会で多くの先輩や仲間の批評、助言をもとに幾度も書きなおしたすえに発表したものであったろう。

で、三根山だが、わたしたち世代にとっては、あの首をちょっと右に傾けて土俵に上がるポーズとともになつかしくおもいだされる四股名《しこな》である。大正十一年（一九二二）東京南千住生まれ、身長五尺八寸（一七六センチ）、体重四十貫（一五〇キロ）、左四つ、寄切りを得意とした高島部屋所属の力士で、病気や怪我《けが》で三役と平幕を上下しながら、殊勲賞五回、敢闘賞二回、二十九年には大関で念願の優勝をとげた。

〔病気にさいなまれ、転落しながらも、少しも自暴自棄にならず、誠意をこめて闘い、再起を目指す島一に、見物は無意識のうちに〝人生〟を感じているのだ〕と見物の気もちに託した叙述が、そのまま作家がこの三根山という関取を小説の主人公に選んだ動機でもあったろう。昭和三十一年・秋場所初日から千秋楽までの土俵実況を中心に組み立てられたこの作品は、戯曲的手法を色濃くのこしている。また、この作品のなかに、すでに〔人間というものは、生れたときから〝死〟に向って進みはじめる〕という池波作品におなじみのフレーズがみられるのも興味ぶかい。

おなじく力士をあつかったものに、「三根山」の前年に書いて、劇団新国劇で島田正吾が主演した戯曲「名寄岩《なよろいわ》」がある。わたしは、この戯曲も舞台もみていないが、

"怒り金時"の異名をとった立浪三羽烏《たつなみさんばがらす》の一人名寄岩熊五郎（一九一四―一九七一）もまた病いと闘いながら大関に返り咲き、四十歳まで土俵をつとめた律儀と闘魂を絵に書いたような力士だった。両者に共通するのは、苦難に満ちた土俵人生、屈折のなかに人間的なものをつよく感じさせるところにある。〔肉体の力が、そのまま直接に、その生活と人生に響いてくる力士の姿には、本能的に見物の眼と心が吸いつけられ、勝負を争う力士達の相撲の取り方を見ただけで、敏感に、その力士の人柄まで見透してしまう〕と池波さんは書いている。掛け値なしに裸の五体をぶつけあって格闘する者のみが具現しうる偽りのない生のすがた、一見単純にみえる勝負の世界に、奥ふかい人生的価値をみいだそうとする作家の姿勢がはっきりとみてとれる。

同年の「小説倶楽部」三月号に発表された「牧野富太郎」は、著者自身が書いているとおり、前年秋、新国劇に依頼されてまず戯曲として書いた（「大衆文芸」二月号に発表）。

牧野博士についてはあらためて解説するまでもないだろう。小学校を中途退学、あとは文字通りの独学で、〔あらゆる権威、名誉、地位、体面などというもの〕と戦いつつ、おのれ独自の世界に生きて、ついに植物分類学の世界的権威となった。この作品では、その博士の九十余年にわたる生涯《しょうがい》が、じつに人間臭く描かれている。

三十歳をすぎて、ようやく本格的に作家として生きることを決意した池波さんは、これからの自分の生き方を、老博士のそれに重ねていたのかもしれない。その晩年の〔絶えず絶望状態をくり返しながら、全く死ぬことを考えずに仕事をつづけている博士の、うらやむべき幸福さ〕とつづる筆致にも、なにやらふかい作家のおもいいれが感じられるような気がする。

「決闘高田の馬場」は、若き日の堀部安兵衛を主人公に、講談でもおなじみの高田の馬場における恩人菅野六郎左衛門への助太刀《すけだち》一件を描いている。〔激烈な修業生活の息つぎに飲むそれ（酒）は、心気を爽快《そうかい》にしてくれたし、正常で男らしい鍛練の明け暮れを送っている者にとっては、酒というものは邪魔にはならない〕という、酒飲みにとっては、なんとも百万の味方ともいうべき飲酒哲学がのべられているのもうれしい。

余談だが、池波さんの酒は、わたしの知るかぎり周囲に細やかに気をくばり、みずからにも節度のある、じつに気分のいい酒だった。吟味しつくした好みの肴《さかな》を味わいながら楽しげに語り、ゆったりと酒杯を口にはこぶ。いうなれば鬼平の飲みっぷりに似ているといえようか……と、ここまで書いておもいだしたのだが、この六月、東京神田の山の上ホテルで豊子夫人に食事をご馳走《ちそう》になり、池波さんが好んだコーヒーを喫していたとき、夫人がさりげなく煙草《たばこ》をとりだされたのをみて、

「えっ、煙草をお喫《す》いになるのですか」

わたしは素《す》っ頓狂《とんきよう》な声を発してしまった。

夫人はまことに控えめな女性で、いつなんどき池波邸を訪れても、

「おーい、豊子」

池波さんによばれて茶菓をはこんでくると、

「お元気そうですね」

と、一言二言挨拶《あいさつ》されるだけで、すぐに奥にさがってしまわれる。

で、当然のことながら、夫人が酒、煙草を嗜《たしな》まれることなど知りえようはずがなかった。

夫人が酒を飲まれることを知ったのは、池波さんの葬儀の夜である。おそくまで後かたづけのためにのこっていた友人とわたしのところにウイスキーのボトルを差し入れに現れた夫人は、

「わたしも、これから少しいただいてから寝《やす》みます」

とおっしゃった。

……よかった。奥さんは酒が飲めるのだ。

そのとき、わたしは正直、ほっとした。肉親や連れあいを亡《な》くした者にとって、酒、煙草ほど救いになるものはない。ただし、そのときは煙草まで嗜まれるとは知らなかった。

で、あらためてそのことを告げると、

「酒も煙草も、池波がわたしに教えたんですのよ」

夫人は、微笑《ほほえ》みをみせながらうなずかれた。

ときおり執筆がおわると、池波さんは書斎に夫人をよび、

「きみも、どうだ」

勧めたのだという。

きっと、寸前まで書いていた小説のなかで、主人公はおなじように愛する妻女に、酒、煙草を勧めたにちがいないのだ。豊子夫人は素直に、それをうけているうちに、酒、煙草ともにイケル口になったということらしい。

念のために書きそえておくが、夫人のそれは決してヘビーではなく、まことにつつましいものである。酒など、ほんのちょっぴり口にしただけで、ふうわりといい気分になるのだという。池波作品に、そのような場面がでてきたら、愛読者諸氏は、

――ははん、これが豊子夫人のほろ酔いすがただな。

と想像されるとよろしい。

堀部安兵衛をテーマにした小説は、七年後の昭和四十年、「中国新聞」ほかに、ずばり「堀部安兵衛」の題名で一年にわたって連載されている。

「決闘高田の馬場」は明らかに小説として書かれているが、本書に収録されているの

こりの五篇は、池波さんが〔時代小説家の随筆のようなものだと、おもっていただければよい。時代小説を書いている私が、その必要性にせまられて、調べたり読んだりしたものの副産物なのである〕（「新選組異聞」あとがき）と記した、いうところの歴史エッセイである。いずれも小説以上に読者によくわかるよう平明に書かれており、解説を加える余地はない。

「新選組生残りの剣客――永倉新八」については、他にいくつか類似のエッセイが書かれており、四年後の昭和三十八年、長編「幕末新選組」として結実している。「三代の風雪――真田信之」「首討とう大坂陣――真田幸村」「武士の紋章――滝川三九郎」は、やがて昭和四十九年から八年にわたって書き継がれた大長編「真田太平記」（新潮文庫所収）の前章とみてよい。

〔川に水のながれるがごとく環境にさからわず、しかも三九郎は一度も自己を捨てたことがない〕と描かれた「武士の紋章」の主人公滝川三九郎は、池波さんが好んだ人物の一人だったが、この三九郎、八十歳で〔束の間の一生にしては長すぎたようじゃが……いまや三九郎一積《かずあつ》、天地の塵《ちり》となるぞよ〕と妻の於妙に告げて死ぬ。

池波さんが描く人物の死にぎわはいずれも、その人物の来し方を凝縮してみごとだが、池波さんご自身は、つねづね夫人に、自分が死んでも、

「あとから、ゆっくりくるといいよ」

といっていたという。で、夫人も、

「では、すこしばかりゆっくりさせていただきます」

逆らわずに、こたえたものだという。

日常の夫婦の会話が、たくまずして池波的小説の世界になっている。


（平成六年七月、作家）

「智謀の人——黒田如水」「武士の紋章——滝川三九郎」「首討とう大坂陣——真田幸村」は新人物往来社刊『武士の紋章』（平成二年十一月）に収められた。その他の作品は、本書初収録である。

表記について

新潮文庫の文字表記については、原文を尊重するという見地に立ち、次のように方針を定めました。

一、旧仮名づかいで書かれた口語文の作品は、新仮名づかいに改める。
二、文語文の作品は旧仮名づかいのままとする。
三、旧字体で書かれているものは、原則として新字体に改める。
四、難読と思われる語には振仮名をつける。

なお本作品集中には、今日の観点からみると差別的表現ととられかねない箇所が散見しますが、著者自身に差別的意図はなく、作品自体のもつ文学性ならびに芸術性、また著者がすでに故人であるという事情に鑑《かんが》み、原文どおりとしました。

（新潮文庫編集部）

新潮文庫最新刊

佐藤優著
自壊する帝国
大宅壮一ノンフィクション賞・新潮ドキュメント賞受賞
ソ連邦末期、崩壊する巨大帝国で若き外交官は何を見たのか？　大宅賞、新潮ドキュメント賞受賞の衝撃作に最新論考を加えた決定版。

沢木耕太郎著
凍
講談社ノンフィクション賞受賞
「最強のクライマー」山野井が夫妻で挑んだ魔の高峰は、絶望的選択を強いた——奇跡の登山行と人間の絆を描く、圧巻の感動作。

岩波明著
狂気の偽装
—精神科医の臨床報告—
急増する「心の病」の患者たち。だが、彼らは本当に病気なのか？　マスコミが煽って広げた誤解の数々が精神医療を混乱に陥れている。

宮崎学著
突破者（上・下）
—戦後史の陰を駆け抜けた50年—
世の中ひっくり返したるで！　戦後の裏社会を駆け抜け、グリコ・森永事件で「キツネ目の男」に擬された男の波乱万丈の半生記。

兵本達吉著
日本共産党の戦後秘史
外でソ連・中国に媚び、内で醜い権力抗争——極左冒険主義時代の血腥い活動ほか、元有力党員が告発する共産党「闇の戦後史」！

野地秩嘉著
サービスの達人たち
伝説のゲイバーのママからヘップバーンを感嘆させた靴磨きまで、サービスのプロの姿に迫った9つのノンフィクションストーリー。

武士《おとこ》の紋章《もんしよう》

新潮文庫　い-16-71

平成六年十月一日発行
平成二十年二月十五日二十四刷改版
平成二十年十月三十日二十五刷

著者　池《いけ》波《なみ》正《しよう》太《た》郎《ろう》

発行者　佐藤隆信

発行所　株式会社新潮社

郵便番号一六二―八七一一
東京都新宿区矢来町七一
電話　編集部(〇三)三二六六―五四四〇
読者係(〇三)三二六六―五一一一
http://www.shinchosha.co.jp

価格はカバーに表示してあります。

乱丁・落丁本は、ご面倒ですが小社読者係宛ご送付ください。送料小社負担にてお取替えいたします。

印刷・二光印刷株式会社　製本・加藤製本株式会社

ISBN978-4-10-115671-2 C0193